魚住有希子

明治東京戀伽
紅月夜的婚約者

Karu—繪　郭子菱—譯
多玩國—監修・原案

目次

明治東京戀伽
Characters
登場人物介紹
川上音二郎
演員，靠著迷人的外表吸引觀眾目光，
經營著另有隱情的副業。
綾月芽衣
有點貪吃的超普通女高中生。
森鷗外
既是陸軍軍醫和官僚，也是偉大的小說家。
是個充滿成熟魅力的超級菁英。

藤田五郎
前新選組隊員，現為總是單獨行動的警察。
查理
全身上下都充滿謎團的魔術師。
菱田春草
擁有豐富才能的美術學生，借住在鷗外的宅邸。

序章

——起床吧，芽衣。

芽衣的腦中，響起了某個人的聲音。

她似乎曾聽過，卻記不清楚。為此她無法理解那強烈的懷念感，不自覺皺起眉頭。回想不起來的焦躁使她翻了個身。

——芽衣，差不多該起床囉。

話雖如此，可沒有那麼簡單，畢竟鬧鐘的鈴聲還沒有響。在那尖銳又惱人的聲音告訴我早晨已經到來之前，我連早一秒起床都不願意——芽衣心想。

「哎呀，睡得可真熟啊，還真是個毫無防備的小姑娘，呵呵，要不把她吃掉吧？」

這回耳邊響起了另外一個人的聲音，這聲音聽起來是位格外性感的女性。

（吃掉？）

以夢境來說，那聲音太過有臨場感，只是內容聽不清楚，卻讓那輕飄飄又舒服的睡意像退潮般一點一滴退去。

「吶，就施加你擅長的符咒吧，我已經好幾百年沒有吃到人類的肉啦，肚子搞壞了可怎麼辦呀。」

「稍安勿躁一會兒，再說妳不是專門吃丙午年生的年輕男人嗎？」

芽衣感受到身邊有好幾個人的氣息，究竟在說些什麼呢？

然而她現在連睜開眼皮都做不到，縱使很在意談話的內容，沉重的眼皮卻拒絕醒過來，想要再稍微於打盹的淺灘上飄浮。

「而且啊，你看，這孩子……」

耳邊微微傳來了嬌媚的呵氣與囁嚅。

冰冷、冰涼的指尖，迅速地撫摸過她的頸部。

第一章　鹿鳴館奇譚

「……哇啊啊！」

如冰一般的觸感，吹散了睡意。

綾月芽衣尖叫著一躍而起，同時她反射性地把手伸向床邊的小桌子，那裡是放鬧鐘的固定位置。

然而芽衣的右手卻白白撲了個空。

芽衣對於自己什麼都沒觸碰到感到不可思議，猛力地揉了眼睛。

（現在幾點？）

還有多少時間可以睡呢？房間有些昏暗，應該是黎明之前吧！

芽衣突然感到一絲寒意，環抱住了自己的身體。

會冷也是理所當然的，從剛才開始風就咻咻咻地吹了過來，這已經不是從縫隙吹進來的風那麼簡單，與其說在室內，看這通風的良好程度簡直就像露宿在野外。

「呃……咦……？」

夾帶著塵土的風，發出細小的呢喃。

芽衣用手壓住翻捲起來的制服裙，再度環顧四周。

她模模糊糊地看見了幽暗的天空與隨風搖擺的樹木，遠方閃爍的街燈勉勉強強地照亮了長椅與亭子，告訴她這裡是個疑似公園的場所。

從整齊鋪平的廣場與石板小路看來，這裡是個具有相當規模的公園，街燈的數量卻非常稀少，給人一種不安的感覺。不知從何處傳來的犬吠聲配上原本就寂寥的氛圍，更增添一分毛骨悚然。

（這裡是哪裡？）

面對這完全沒有見過的景象，芽衣的思考開始混亂。

說到底，自己為什麼會在戶外？不是應該在房間那溫暖的床上醒來嗎？然而，現在自己穿的並非睡衣而是制服，堅硬的長椅取代了床鋪，甚至還被夜晚的冷風吹拂著。

不，這種毫無脈絡的狀況鐵定是做夢。芽衣用好似豁出去的心情，站了起來。

（紅色的……）

她握緊了微微顫抖的雙手，發現仰望的群青色夜空中竟掛著紅色的月亮。

染上魅豔光輝的鐵鏽色雲朵悠然地飄向某處。她茫然地看著雲朵的去向，曾一度平息下來的不安又猛然地竄了上來。

「……必須回去才行。」

芽衣像在說給自己聽的低語。總之她想去除此之外的某個地方，可以的話她希望現在立刻奔向熟悉的場所，看見熟稔的景色後放下心來。既然是夢當然想早一秒醒來回到現實的生活。

「啊啊，太好了！妳在這裡啊！」

此時，身邊傳來了與這令人不安的氛圍不相稱的聲音。

芽衣嚇了一跳，別過頭，一名戴著大禮帽、身穿燕尾服的可疑男人正朝她走來。在目光對上之後，男人彎起了單片眼鏡底下的眼眸。

（咦？這個人，的確……）

總感覺曾在哪裡見過，卻無法馬上想起來，對於裝束如此華麗的人，應該沒那麼簡單忘記才對。

「哎呀哎呀，看來妳沒事呢，小姐。」

「呃、我……」

「哦，沒事的，我希望妳別那麼警戒，我呀，絕對不是什麼可疑人物。」

明明自己什麼都還沒問，那男人卻自顧自地喋喋不休起來。

「妳會驚訝也是理所當然的，哈哈！要說的話，我也很驚訝，雖然我自稱為絕世西洋魔術博士，也從來沒想過**又會**讓人類消失。」

不給芽衣答腔的機會，男人繼續說下去。

「啊啊，用消失來表達會有語病呢，畢竟又不是真的讓妳從這個世界上消失，在這種情況下，用『傳送了』的說法可能會比較正確。哎呀，無論如何能夠在同個時代重逢，可謂不幸中的大幸了，妳也這麼認為吧？」

「啥？」

「也就是說！妳和我的相遇是命運的魔術！」

當芽衣一臉不理解他所說的話時，他用極度認真的表情如此回應，使她呆愣地張大了嘴。

「妳懂嗎？命運的魔術，人們稱之為『奇蹟』。我常常在想，人與人的邂逅鐵定是神明大人安排的大魔術……」

他將目瞪口呆的芽衣擱置在一旁，像歌頌般闡述著命運。芽衣越來越搞不懂了。

「那，我差不多該走囉。」

芽衣如此告知之後，男人抱起胳膊，微微歪著頭。

「妳要去哪裡？」

「咦？哪裡？我要回家啊。」

「嗯。不過妳啊，知道自己的家在哪嗎？」

對於男人奇妙的問題，這回換芽衣歪起頭了。

「當然知道呀，我又不是小孩子，自己的家什麼的……」

接著，芽衣沉默不語。

（咦？我家……）

究竟在哪裡呢？她突然間答不上來。

別說是住址了，連最近的車站也想不起來，對於這樣的自己，芽衣相當驚愕。我又睡昏頭了嗎？說到底我也不知道這裡是哪裡。

「沒錯，妳現在正處於暫時的記憶混亂狀態。哎呀，這也沒辦法呢，畢竟是因為時空穿越造成的意外事故，我想不久之後妳的記憶就會慢慢整理出來了……」

——時空穿越。

對於這突然出現、毫無脈絡可言的話語，芽衣不斷地眨眼。

「咦？咦咦？」

「別焦急、別焦急，首先告訴我妳的名字吧。自己的名字應該知道吧？」

「我的，名字……」

——芽衣。

彷彿有誰，在腦中呼喚了她。

「……芽衣，綾月芽衣。」

沒錯，這就是自己的名字。當然自己的名字還是知道的。

從指間滑過的記憶當中，這是唯一留存在她手掌上的記憶。芽衣像在刻劃似地，反覆思考著如同皮膚般深深融進她體內的這個聲音。

「嗯哼，芽衣啊，真是個好名字呢。」

男人用輕率的口吻，說出如此重要的名字。

他究竟是什麼人？看起來似乎不像壞人，但太多讓人無法理解的言行舉止，讓芽衣完全不曉得要怎麼去面對。

「你叫什麼名字？」

此刻互相報上名諱是禮貌吧？在芽衣如此想著並脫口問出後，男人一臉茫然樣地眨眼。

「咦？」

「我想知道你的名字。」

她再度詢問，男人思考了一會兒後，像是想到些什麼般抬起頭來。

「對啦，我的名字是查理！」

「查理？」

（這詭異的名字是怎麼回事……）

她並不是想要挑別人名字的毛病，但在報上姓名後，他顯得越來越令人起疑。從那輕浮的聲音聽來，更是充滿可疑人士的氣息。

查理側眼看著散發出警戒心的芽衣，猛地彈了一下手指，在下個瞬間，便憑空出現了如地圖般的大片紙張。

「哇！這、這是什麼啊？魔法？」

「哈哈！才不是呢，我是魔術師呀，這種程度的魔術輕而易舉啦！」

男人用歌唱似的聲音回應，並凝視著地圖。原來如此，說是魔術師總算能理解了。那名男人散發出某種遠離塵囂的氛圍，有一種一般社會人士身上不會有的獨特感。

「譬如說，這裡是日比谷公園。」

「日比谷公園？」

出現了不在預料中的地名。

講到東京都千代田區的日比谷，可是東京都辦公大樓林立的地區，城市給人一種接近銀座、有樂町、新橋的成熟印象，但芽衣完全沒有頭緒自己為何會在這種地方。

「……嗯哼嗯哼，從這邊走過去，附近不就正有個好地方嘛。在我們差點流落街頭、走投無路之際，這可是最適合我們的地點了！還真是幸運啊，芽衣！」

查理從地圖上抬起頭，用力地豎起了拇指。雖然不曉得到底是怎麼回事，不過看來，自己現在正處於流落街頭也不奇怪的危機當中。

查理向芽衣招了招手，輕快地踏出步伐，芽衣瞬間遲疑了一下，但又不想自己一個人留在這種地方，即便心存懷疑還是暫時先跟在查理後面。

——這座宮殿究竟是怎麼回事？

芽衣目瞪口呆地仰頭看著在黑夜中奇幻閃爍的建築物，心裡想著。

不曉得是宮殿還是城堡，總之規模相當大，好似砂糖果子般的兩層樓純白外牆上林立著整齊的半圓拱形窗戶，室內金碧輝煌的光芒從中透了出來。

看來今晚這裡正在舉辦派對，芽衣看見盛裝打扮的紳士淑女們都朝著門的另一側消失蹤影。

（好厲害……）

她從來不知道，日比谷有這麼華麗的建築物。

兒時少女們曾在心中描繪的外國千金住宅就這樣出現在眼前，面對這奢華的氛圍，她不自覺發出感嘆。

「這裡該不會是查理先生的家吧……？」

「哈哈！怎麼可能，這座宅邸並不是任何人的家哦。」

將芽衣引領至此的魔術師背對著宅邸，向芽衣深深一鞠躬。

「歡迎來到鹿鳴館，小姐。」

「……鹿鳴館？」

芽衣一面複誦，再度抬頭仰望宅邸。

講到鹿鳴館，印象中教科書上記載這是在明治時期建立的外交設施，是座每天晚上開設宴會，接待過許多外國賓客的歷史性建築物。

（咦？不過，這不是在很久以前就因為空襲而被破壞了嗎？）

還是說是在自己不知道的期間被修復完畢了呢？芽衣對這方面的事情並不熟悉，因此不太清楚。

「那麼，芽衣，我們趕快闖進去吧！」

「啥？」

芽衣反問。

「……你剛才是說要闖進去嗎？」

「哎呀，這說法不是很好呢，我本來想說的是偷偷潛進去啦！」

「我聽起來是一樣的意思耶。」

芽衣馬上指正。再說不管怎樣這兩者同樣都是教唆犯罪的行為。

「喂，妳豎起耳朵聽聽。」

查理無視芽衣的吐嘈，做出了豎起耳朵的手勢。

「妳有聽見優雅的管弦樂演奏吧？講到鹿鳴館的宴會，這可是賭上明治政府威信的一大活動呢。烤牛肉、牛排、烤鴨排、肉餅……晚宴上鐵定會相繼端出奢華的肉類料理啊！」

「……」

光想像就讓人陶醉了。

芽衣開始嚮往起門扉另一側那閃耀光輝的白色宅邸。

豪華料理先暫且不論，芽衣甚至產生了想要進去宅邸一探究竟的好奇心。畢竟沒有女孩子不會對「宴會」感到歡欣雀躍。

「只要突破玄關大門就沒問題啦！溜進去之後，這裡就是我們的囊中物了。」

「咦？可是，玄關會有人在守衛吧？」

「討厭啦，芽衣，妳以為我是誰啊？」

查理取下大禮帽，持續露出自信滿滿的表情。

「我可是絕世西洋魔術博士查理！幾乎沒有我辦不到的事情哦。」

「……幾乎沒有，是嗎？」

芽衣對於他沒有斬釘截鐵的曖昧言詞，湧出一絲不安。

「總、總之還是別這麼做吧！再怎麼想，我跟這種派對格格不入。」

即便穿著燕尾服的查理沒什麼問題，像芽衣身上穿著一看就知道是高中制服的裝扮，感覺就會被不由分說地趕出去。

（高中？）

芽衣重新審視自己的服裝，格子裙配上黑色西裝外套，以及紅色蝴蝶結。

沒錯，這是高中制服。

她腦中突然浮現出教室的場景，緊接著，好似同年級的少女們歡笑的聲音，也在耳朵的鼓膜邊響起。

只要再一點點、再一點點，就能回想起什麼了。然而記憶的蓋子卻無情地在此關上，對於那看似近在咫尺卻又遙不可及的荒謬與疏離感，她的鼻頭深處猛地痛了起來。

「怎麼啦？怎麼擺出那樣的表情呢？接下來就要體驗歡樂的派對了耶。」

查理湊向前看著芽衣的表情，有些困惑地詢問。

接著他彈了下手指，從大禮帽裡頭拿出了一朵紅玫瑰。

「別哭了芽衣，妳看，很漂亮吧？」

「……我又沒有哭。」

「那就笑一個吧，芽衣。」

他當場跪了下來，一點也不害臊地把玫瑰遞給芽衣。

這種誇張的動作，與其說是魔術師不如說是詐欺犯了。對於那一如既往的可疑，芽衣甚至不想再懷疑他，不知不覺笑了出來。

「妳看，芽衣，好大的吊燈啊！很有偷偷潛入的價值吧！」

一踏進鹿鳴館的大廳，查理就看著天花板興奮地說。身旁的芽衣臉色鐵青，慌張地把食指放在嘴巴上「噓」了一聲。

——正如查理所說，兩人總算是避開了守衛的目光，成功潛入鹿鳴館。

話雖如此，他們可不是像小偷那樣從窗戶或是煙囪偷偷闖進去，而是查理拿出了名為「隱形披風」的魔術道具，兩人包裹在身上後光明正大從玄關大門通過。芽衣本來還輕蔑地想著，怎麼可能用這種誇張的道具騙過守衛的警戒，事實上卻毫無難度地達成任務直到現在。

「看，就像我說的一樣，有烤牛肉吧！那邊還有烤全雞耶！」

查理的情緒相當高昂，與無法順利表達言語、膽戰心驚的芽衣完全相反。

話說回來，這究竟是什麼樣的派對呢？對於在眼前拓展開來的絢爛光景，芽衣簡直被震懾住了。

人們配合著優雅的管弦樂，享受著社交舞。在巨大的吊燈底下，銀色的餐具散發出高雅的光輝，穿著工作服的服務生們俐落地運送著飲料和菜餚。

唯一可以知道的是這場派對一點也不隨興，而是極為正式。每位女性都穿著像在凡爾賽宮裡才看得到的宮廷式禮服，男性們則是衣著講究地身穿燕尾服和大禮服。

「不好意思，查理先生，我還是想回家……」

「不只是肉類料理，還有紅葡萄酒耶！來，乾杯！」

查理強硬地把裝了紅葡萄酒的玻璃杯遞到芽衣手上，玻璃杯的杯緣碰撞，發出了纖細的聲響。

「不不，現在不是乾杯的時候，再說我還未成年耶。」

「哎呀，未成年禁止飲酒的法律是什麼時候制定的呢？」

查理一口氣喝光了酒，歪著頭問。

「應該是大正時代之後吧？也就是說，妳就算喝了這杯酒也不會被問罪的。哈哈哈！這時代真不錯！」

「你、你到底在說些什麼不知所云的話啊！穿著制服光明正大喝酒，通常會被抓去輔導的！」

「嗯，所以說，那是現代的狀況吧？不過現在可是明治時代呀。」

「……啥？」

「哎呀，我剛才沒說嗎？」

他精神奕奕地將葡萄酒添入玻璃杯中，爽快地告訴她。

「這裡可不是現代的平成年代，而是明治時代哦！也就是說，因為我偉大的魔術，讓妳穿越到百年以前的古早時代啦。」

「……」

又開始說些莫名其妙的話了。

再怎麼說，這喝醉的速度也太快了吧！芽衣正想如此吐嘈，沒想到卻和某個人的肩膀相撞，她的身體因而晃了一下。

「哇！」

就在她失去平衡，差點連同酒杯一起跌倒之際，有個強力的胳膊迅速地將她環抱住。

「——哦，真是失禮了，小姐。」

平穩溫柔的聲音，傳到了她的鼓膜。

一名散發著優雅氛圍、面容姣好的青年注視著芽衣的臉龐。在極近的距離下被受到水晶燈光照射的瞳孔給直勾勾盯著，使她的心猛地跳動了一下。

「妳沒事吧？有沒有受傷？」

「咦？啊，我、我沒事。」

芽衣慌慌張張調整好姿勢，對方則說了一聲「那真是太好了」，露出一抹紳士般的微笑。

有著精緻金邊刺繡的白色軍服修飾了那名紳士苗條的身型，肩膀上的金色肩章微微晃動著。這一看就知道是位高權重者穿著的服裝，眼前的青年卻神態自若地瀟灑駕馭。

芽衣恍惚地心想，這個角色扮演的完成度可真高。

芽衣深知自己很失禮，卻仍舊不自覺緊盯著青年看，對方也用一副興致勃勃的模樣直勾勾地凝視著她。兩人互相觀察了好一會兒，同時對上對方的視線。

「嗯哼，這件衣服做得實在合乎常理呢。」

青年雙手環胸，好像很佩服似地點著頭。

「只用最低限度的布料，設計簡樸，不會過於華麗，在樣式上只重視實用性，這實在讓人耳目一新。不，應該說是革命性的設計吧？不得不說這實在有些前衛……」

「？」

「除了這般脫穎而出的理念之外，最值得特別提出來講的就是精美的裁縫了。這是哪個國家的手工職人做的？是巴黎嗎？還是柏林？」

「呃……我想這應該是日本產的啦。」

芽衣歪著頭回答，沒想到對方竟然對制服抱持著如此強烈的興趣。

「哦？這不是舶來品啊。那麼是橫濱的裁縫店吧？確實我曾聽說過有一位技術絕佳的手工職人就住在外國人居留地呢。」

「嗯？是這樣啊……」

芽衣不是很清楚。

倒不如說，她還比較想問這件軍服是從哪裡買來的，她不曉得這是現成的還是訂做的，但做工可以說相當道地。不過她沒有看過真正的軍服，也無從比較就是了。

「鷗外先生，你在做什麼？」

此時一名年輕男性的聲音逐漸接近。

「您硬是把我帶到這種地方來還這樣丟著我不管，可是會讓我很困擾的。」

「哦哦，真是不好意思啊，春草。」

穿著軍服的男人輕輕地舉起手，回應前來的青年。

「有什麼收穫嗎？我想如果是你，鐵定很快就找到了繪畫的模特兒，進展得正順利吧？」

「現在哪有閒工夫去管繪畫模特兒，這裡人太多了，空氣很差，眼睛又痛……還是以貧民窟的流浪貓當對象比較好。」

「哈哈！說得也是。不過春草啊，別再畫貓了，偶爾追求女性不也是一種樂趣嗎？這個世界上的女性往往像貓一樣反覆無常，卻不像貓能夠逃得飛快，對於這項事實，我們男性應該要感到更開心才對，不是嗎？」

「我難以認同。」

在簡短回覆之後，名為「春草」的青年慢慢地將視線移到芽衣身上。

對方的年紀應該跟自己差不多吧？那名青年眼神很慵懶，戴著學生帽、身穿立領制服，隨意地綁起他那有個性的長髮。

（……太好了，是同伴，我有同伴了！）

在知道不是只有自己一個人穿著學生服前來之後，芽衣放下心來，只是對方卻用逃避的眼神避開芽衣單方面的親近感。

「鷗外先生，這位女士是？」

「嗯？啊啊，我和這位小姐也是剛剛才認識的，正談得起勁呢，我才剛想著等等要約這位小姐到銀座的咖啡廳坐坐，結果你就來攪局啦。」

對方像是在徵求同意一般，對芽衣投以微笑，芽衣困惑著不知道要如何回應，穿著學生服的青年卻很露骨地皺眉。

「……看來鷗外先生還是老樣子，總喜歡稀奇古怪的東西啊。」

對於那令人驚愕的囁嚅，芽衣可沒有聽漏。

他的視線明顯地往芽衣望去，目光簡直就像在看某種珍奇物品。那眼神就好似在半路中遇到正在跳盂蘭盆舞的熊貓，無法理解。

「反正我也看到如此稀奇古怪的東西了，十分滿足，那我就先回去了，鷗外先生還請慢慢享受。」

「喂喂，等等啊！真是急躁耶……」

兩人持續鬥嘴著，淹沒在人群當中。

「稀奇古怪……？」

被丟在原地的芽衣重新審視自己的裝扮，並沒有特別髒或破損。以防萬一，她還用銀製餐具照了自己的臉，但是她的眼睛、鼻子和嘴巴都很正常，也沒有被人惡作劇用油性筆把整張臉畫得一團糟。換句話說，她完全沒有所謂稀奇古怪的任何一個要素。

「哎呀，突然間就和知名人物見到面啦。」

「哇！」

芽衣因為突然在耳邊出現的低語聲而嚇了一跳。

至今為止都在遠處旁觀的查理不知何時來到她身邊，而且正厚臉皮地把堆成山的烤牛肉放進嘴中，芽衣用羨慕的眼光側視他，問道：

「那些人很有名嗎？」

「沒錯，剛才那位是軍人兼文學家森林太郎……不過，叫他森鷗外會比較好理解吧。而和他在一起的書生是日本畫家菱田春草，妳應該有聽過名字吧？」

──森鷗外和菱田春草。

芽衣在腦中翻閱著歷史教科書。明明與自己有關的記憶依舊很模糊，卻不可思議地記得在課堂上曾經學過有關這些人名的知識，他們都是活躍於明治時代的知識分子。

「咦？可是，這……」

「沒錯沒錯，今天晚上可是井上馨外務大臣所舉辦的宴會！據說俄羅斯的貴族也來到日本了呢，怪不得成員這麼豪華……妳看，那裡也有知名人物喔！」

查理一邊說明，一邊用手指向穿著細條紋西裝的青年。

那名青年身高修長、五官端正，光是站在那就有吸睛的華麗感，芽衣也不自覺被那爽朗的笑容與散發魅力的眼眸奪走目光。

「喂喂，別推啦，我不是說了我不會跳舞嗎？」

「別這麼說嘛，就跳個一曲也不行嗎？」

「請務必應允吧！我們家的女兒也去了淺草的商店街購買了您的錦繪呢。下一次登臺是什麼時候？」

「這個嘛，去問問我們家的劇作家吧？」

他聳聳肩，用性感的笑容瞥了女性們一眼。

「我也是很想要盡早登上舞臺的。我很快就會讓妳們享受其中，就老老實實等待演出日到來吧……可以吧？」

明明是男的，那秋波卻散發出讓女性也相形見絀的性感，圍繞在他身旁的女性們發出尖叫聲，害羞地用扇子遮掩瞬間泛紅起來的雙頰。

「他是川上音二郎，是名很優秀的美男子吧？」

查理用一副知曉一切的表情補充說明。

「他是最近受到大家矚目的新興舞臺劇演員，在不久之前人們講到舞臺劇都只會一面倒向歌舞伎，不過在進入明治時代以後就出現了這樣的新派劇，名為書生芝居[1]，由素人們打造的舞臺劇廣受歡迎……」

「查理先生。」

「嗯？」

「雖然我是有很多事情想吐嘈啦，不過我想先問，你為什麼會對這裡的人這麼熟悉呢？」

芽衣脫口說出從剛才開始就有的疑問。

他擁有的情報是真是假暫且不論，然而，對於他那旅遊導遊般的親切介紹，就連芽衣也不得不抱持著懷疑。

「討厭，我也沒有特別熟悉啦，這不是人人都知道的知識嗎？哎呀，還是說妳是上歷史課時都在打瞌睡的類型？」

「什……我可是很喜歡歷史課的耶！」

芽衣被自己條件反射說出來的話給嚇了一跳。

沒錯，她自己並不討厭學習歷史，至少和數理相比，她對歷史是有興趣得多，但是那又怎麼樣？喜歡歷史和相關人物的情報之間，可沒有什麼關聯。

「話說回來，芽衣，妳不吃烤牛肉嗎？差不多要被拿光囉。」

「！」

怎麼不早說！芽衣彷彿像在對查理抱怨似的，打算衝向擺放肉類料理的桌子，突然間——

有某個深綠色的東西遮蔽了她的視野。她猛力地撞到了額頭，大叫了一聲「好痛」。

「——喂，小姑娘。」

是個彷彿刺骨一般不悅且低沉的聲音。

芽衣戰戰兢兢地抬起頭，和一名高眺的男子四目交接，對方則用機警的表情俯視她，使她開始緊張起來。

「給我看一下妳的邀請函。」

「……咦？」

1. 自由民權運動的志士們為了向民眾宣揚政治思想而開始演出的戲劇。

「最近這一帶很動盪不安，那些打算闖入政府相關人士聚集地的可疑鼠輩們層出不窮，因此請妳協助確認身分。」

芽衣倒抽一口氣。

（該不會是警察吧……？）

他沉默著，再度壓低了他的警察帽，他的腰間上則掛著金色刀柄閃閃發亮的軍刀——嗯？軍刀？

「那、那個，請、請稍等一下！」

芽衣一副快哭出來似地，把手伸向查理。

「邀請函的話，呃……這個人身上有！」

「這個人？」

面露兇光的警察更加瞇起了眼。

「要是有同伴的話就趕緊叫來，別想浪費時間。」

「呃、所以我說這個人……咦？不在?!」

芽衣伸出的手撲了個空，整張臉因而鐵青。

剛剛，就在三秒前還在身旁的男性現在遍地也找不著，宛如從一開始就不存在，消失無蹤。
（被他給逃了……！）
彷彿血液從指尖開始一點一滴結凍的絕望感襲了上來。
為什麼一個人逃走了？完全沒有必要思考原因，他本來就是個可疑人物，對方也沒有義務要帶著芽衣逃走，更何況是去包庇芽衣。
（既然如此……至少把那個可以讓身體消失的斗篷留下來啊?!）
為什麼沒有把那個即便現在不用，或許總有一天會派上用場的道具留下來呢？就算芽衣如此憤恨，狀況也不可能好轉。
「妳這傢伙……太可疑了！」
「咿！」
警察握緊了軍刀的刀柄，縮短了和芽衣之間的距離，那很明顯是在看犯罪者的眼神，芽衣雖然想要叫屈說自己什麼都沒做，但她現在確實是非法入侵了派對。
「報上名來，妳是被誰帶來這裡的？」
「我、我……」
周圍開始喧鬧起來，芽衣深切感受到周遭人們的視線，無法立刻發出聲音。

「要是不回答，我就要逮捕妳了，妳有所覺悟了吧？」

「……」

芽衣向後退了一步，警察緊緊抓住她的手腕。她的膝蓋顫抖，全身無力，開始產生耳鳴，無法順利呼吸，就在她差點暈厥之際——

有人輕輕用手扶住了芽衣的肩膀。

那是一雙巨大的手。溫暖的觸感，使芽衣的耳鳴一點一滴褪去。

「哎呀，我好想見妳呢，小松鼠。」

那是她曾聽聞過的聲音，芽衣因而別過頭，穿著白色軍服——名為森鷗外的人物不知為何，竟笑著站在她身後。

（小松鼠？）

鷗外柔和地攬著不知所云而呆若木雞的芽衣，並若無其事撥開警察緊握著芽衣手腕的手。

「好啦，再好好讓我看看妳的臉吧。妳可知道，在妳周遊歐美各國的期間，我有多麼寂寞嗎？」

「咦？那、那個……」

「妳該不會忘了我的臉，在國外沉溺於玩樂之中吧……？真是的，有妳這種未婚妻實在太辛苦了，正因為我很喜歡妳的放浪不羈，才要蒙受這樣的罪過嗎……」

「哇、哇！那個、等……」

他微微撥開芽衣的劉海，親吻了她的額頭。

芽衣的思緒與身體完全僵住了。在被抱著的狀態下，她只能反覆呼吸。

（怎麼回事？剛才究竟發生了什麼事——？）

她又開始暈眩了，像要支撐著芽衣一般，對方不斷增強手腕的力量去環抱著她，她的鼻子緊緊貼著對方硬實的胸膛。

「……你這是在幹什麼，陸軍一等軍醫大人？」

「哎呀，這不是警視廳妖邏課的藤田警部補嗎？你找我的未婚妻有什麼事？」

「你說未婚妻？」

被稱為藤田的警察脫口說出了芽衣的疑問。

未婚妻，也就是婚約者。她無法馬上理解這是在說自己，越過她頭頂上方交談的對話內容，聽起來就像事不關己一般遙遠。

「沒錯，她是即將成為我妻子的人。」

鷗外撫摸著芽衣的頭髮，如此斬釘截鐵說著。

「來吧，小松鼠，妳只要向藤田警部補自我介紹就好。妳該不會因為長年在國外生活，忘了本國的語言吧？」

「呃……」

鷗外輕輕將嘴唇貼在搞不清楚狀況而感到困惑的芽衣耳邊，一絲氣息吹拂了她的耳朵。

「快點說出妳的名字吧，別讓我同樣的事情說那麼多遍哦。」

他用溫柔卻堅定的口吻低語。

芽衣回過神來，慌張地脫口說出「啊、我叫綾月芽衣」。

「綾月……？我沒有聽過這個姓氏。」

藤田蹙緊眉頭，接著說道。

「那麼，這小姑娘古怪的服裝也是因應你的興趣嗎？陸軍一等軍醫大人。」

「啊啊，那當然，我想不諳世事的藤田警部補應該不知道，現在歐美可流行

像她這樣穿短版的貼身裙哦！據說是因為輕便又好走路，受到職業婦女們的好評呢。在推行西化政策的我國，總有一天這也會隨處可見吧。」

「哦？這我可是第一次聽說，在我看來這不過是街頭藝人的服裝而已。」

藤田毫不客氣地將目光飄到芽衣身上，他的右手依然握著軍刀的刀柄，讓人感受到什麼時候抽刀出來都不奇怪的危險氣息。

（這個人好恐怖……）

芽衣冷汗直流，猛力握緊了拳頭。

「藤田警部補，能否請你不要用這麼可怕的表情瞪著我的未婚妻呢？還是說，你把她當成是妖怪之類的存在？」

「很不巧，我可不是『魂依』。」

妖怪？魂依？沒聽過的單字相繼出現，他們究竟在說些什麼？

「嗯哼，那麼，她就更加沒有理由受到妖邏課的關照了，她只是單純的人類，也是我的未婚妻。」

鷗外抱住芽衣的肩膀，瞥了一眼圍繞在一旁的人們，並浮出一抹極度享受這般狀況的優雅微笑，敬了個禮。

「那麼我們就在此告辭了，非常抱歉引起這場騷動。各位紳士淑女們，還請繼續享受今晚的宴會！」

他丟下這句話，便帶著芽衣快速前往大廳的出入口。

華爾滋、淑女們的笑聲與裙子摩擦的聲音逐漸遠去。

他們跑下明亮有光澤的樓梯，走出了入口。就在人煙變少之後，鷗外斜眼看著目瞪口呆的芽衣，「哈哈哈」地大笑出聲。

「哎呀哎呀，這實在是傑作！在晚會上被盤問的小姑娘可真是前所未聞啊！華族[2]與財閥家的千金們都抱著要在此一決勝負的心態精心打扮，結果竟然被不知道哪裡來的局外人給完完全全搶走了今晚的主角寶座，哈哈哈！」

「那、那個……」

「這下明天的社交集會鐵定會熱烈地談著小姑娘的話題吧！不，還有可能被附上照片，登上東京日日新聞的一整個版面呢。突然出現在鹿鳴館的謎樣小姑娘與知名的妖邏課鬼之警部補藤田五郎發生爭執，妳不覺得這是大眾會很喜歡的新

2. 日本明治維新後所確立的特權貴族階級。

鮮事嗎？有趣又讓人驚奇，簡直像埃德加．愛倫．坡小說的開頭呢。」

看門人打開前方的門扉，夜風一口氣吹進了出入口。被街燈照亮的庭園裡整齊地排放著人力車，鷗外引領著芽衣走向其中一臺。

「來，上車吧。」

（上車……是指這個？）

究竟要去哪裡呢？雖然對方在自己危機之時出手相救，但他可是個素不相識的人，可不能就這樣隨便跟著他走。

「妳要是再拖拖拉拉的，搞不好剛才那名恐怖的警察就會追上來囉？我是無所謂啦，不過對小姑娘而言，這應該不太妙吧？」

芽衣被這麼準確地點出現狀，欲言又止，她確實不能夠在這裡被逮捕，要是失去了記憶又被帶到拘留所，這發展實在太過悽慘。

「……真是的，還真不乾脆呢。」

「?!」

芽衣的身體突然浮了起來。

在她驚覺自己被抱起來的瞬間，她早已被丟在人力車的座位上。頭上戴了頂草帽的車夫扛起車把，芽衣和座位一同向後傾斜，險些跌落。
「等等！請放我下去！」
「這是當然的，等到家之後我就會放妳下去的。」
鷗外笑著告訴她。
「車夫，麻煩到神田小川町。」
「哦！」
「就說放我下去啦！喂！」
芽衣向身旁從容微笑著的男性求情，但是對方沒有搭理她，轉眼間人力車就邁步跑了起來。
她穿過了鹿鳴館的庭園，來到了紅磚洋房林立的街道。在她經過的景色之中，唯有紅色的滿月一直緊追在她的身後。

第二章　深夜的客人

走在夜晚的街道上，究竟過了多長的時間呢？

她抵達了一間位於庶民住宅區的寬闊洋房。那是間對稱的兩層樓建築，被籬笆給包圍起來的庭院中，靜靜佇立著修剪整齊的常綠樹，雖然規模不像鹿鳴館那麼大，不過一眼就可以看出是富裕人家住的宅邸。

「到囉，小姑娘。」

鷗外將手伸向在座位角落拚命瑟縮身體的芽衣，雖然他那紳士般的行為和笑容能夠讓人放下戒心，但芽衣告訴自己絕不可輕忽大意。

「這、這裡是哪裡？你打算對我做什麼？」

「所謂的做什麼是指？」

「你要把我賣掉嗎？」

芽衣呈現半自暴自棄的狀態，一語道破。

「你無須隱瞞我也知道，你想要趁著我身分不明，透過……一些見不得人的管道把我賣掉吧？然後再把我塞到木箱子裡面，坐船出港走私……」

「嗯哼，妳是指人口買賣嗎？這也是個好主意呢。」

鷗外竊笑著，將充滿負面妄想的芽衣從人力車上帶下來。

「要是把像妳這種年輕的小姑娘賣給人口販子，或許賺得到牛鍋[3]的錢呢，而且還不是一般的，是上等牛肉。」

「……牛肉？」

「說得沒錯，妳喜歡吃肉嗎？」

這個問題雖然很不合時宜，不過芽衣還是點頭了。在肉之中，她對牛肉特別無法抗拒，到頭來她在鹿鳴館也沒能吃到烤牛肉，她暗自感到非常後悔。

「那麼，這幾天我就請妳吃牛鍋怎麼樣？我是很想說今天就去吃啦，不過已經很晚了，我請富美小姐幫妳泡杯粗茶代替吧？」

富美小姐？芽衣還沒問出口，鷗外就已經迅速穿過大門，走向玄關。接著門開了，一名身穿和服的女性快速探出頭來，那是名年紀約三十多歲，感覺像是小型料亭老闆娘的女性。

「歡迎回來，春草先生已經先回家囉。」

「這樣啊，其實我帶了客人來呢，妳能否幫我泡杯熱茶呢？」

「好的，我立刻去。」

女性微微向芽衣點頭後，便退了下去，芽衣還聽見對方說了一句「對啦，我們有收到羊羹禮品，要不就拿出來享用吧？」

（咦？怎麼……）

難道這間宅邸不是人口販賣集團，接下來要進行非法交易嗎？至少芽衣是抱持這樣的想法而有所警惕的。

那麼剛才那般和平的對話又是怎麼回事？芽衣對於這裡絲毫沒有一丁點森嚴的氛圍感到困惑，結果一度進去宅邸中的鷗外又再次出來了。

「好啦，快上來，要是一直呆站在這裡，可能會被可怕的怪物給吃掉哦。」

那句「怪物」，根本是連小孩也騙不過的威脅。

芽衣因而徹底鬆懈下來，稍微遲疑了一下之後——向宅邸踏出一步。反正現

3. 以牛肉、蔥、味噌等調味的鍋料理，類似於現代的壽喜燒。

在自己也沒其他地方可去，自暴自棄的情緒在背後驅使著她。

宅邸內部給人的印象就和外觀一樣，擺放了許多看來厚重且高級的裝飾品。玄關大廳是個天花板挑高的設計，天花板上吊著的燈飾將樓梯照成米黃色，裝飾於走廊和舞廳的圖畫與家具每個看起來都很高級。

然而不可思議的是，這些擺飾卻不會讓人感到浮誇，或許是因為明明是西洋宅房，裡頭卻鑲滿了拼花工藝設計的格窗，壁紙則是用金色的唐草紙等，若無其事地展現出日式巧思。對於身處在像是在圖書館中那令人熟悉且安心的氛圍，警戒心自然也會和緩下來。

芽衣被帶領到一間牆壁上鑲嵌了大片窗戶的房間，看起來很像陽光室。

「歡迎回來，鷗外先生。」

一名身穿青草色外褂和灰色袴的青年坐在裡頭，是剛才在鹿鳴館曾經見到，名為春草的青年。

「咦？妳怎麼會在這裡？」

春草微微揚起了單邊眉毛看著芽衣，口氣雖然淡然，卻好似在盯著不小心闖進來的老鼠，眼神充滿著疑惑。

「是我招待她來的，來吧小松鼠，去那邊的沙發上坐著。雖然沒什麼好招待妳的，但還是請妳放鬆休息吧。」

芽衣一面感受著春草冷淡的視線，往一人座的沙發上坐下。鷗外也坐在她前面的沙發上，吐著氣把領帶解開。

「——不過，今天的晚宴還真是盛況空前啊，應該有一千五、六百人吧？就連那位建築師喬賽亞·康德，鐵定也做夢都沒想到會有這麼多人擠進那個大廳。木板房的地板眼看就要脫落似地發出嘰嘰嘰的聲響，俄羅斯的皇太子應該也嚇破膽了吧。」

「沒錯，我也嚇了一大跳呢。」

春草嘆著氣附和。

「哈哈！但也並非都是壞事啦，畢竟還像這樣邂逅了新朋友呢。哎呀，妳的名字……是叫綾月芽衣吧？」

鷗外問著，芽衣微微點頭。

「妳不是受邀的客人，怎麼會在鹿鳴館？」

「那、那是因為……」

「我並沒有在責怪妳，只覺得妳是個天不怕地不怕的勇敢小姑娘，我個人對於妳為什麼會被那位藤田警部補給盯上感到很有興趣。」

「……您竟然把這麼麻煩的女士給帶來了？」

春草用明顯可以感受到困惑的聲音低語。他的視線越來越嚴厲，芽衣感到如坐針氈，低下了頭。

不久富美咚咚地敲了門，安靜地走了進來。她將三人份的熱茶和羊羹端到桌上，芳香的氣味和熱氣一同四溢。

「來，不用客氣，快喝吧！富美小姐泡的茶可是絕佳美味的呢，配上羊羹更是絕妙。」

在被如此催促之下，芽衣伸出了手，但她馬上就改變主意。現在可不是以客人身分悠哉的時候，又不知道茶裡面有沒有被加了什麼——雖說都已經漫不經心地跟來了這裡，現在才想這些也來不及了。

「哎呀，妳不想喝嗎？小松鼠？」

「那個……我有件事情想問，小松鼠到底是什麼意思……」

「當然是在說妳這傢伙呀？」

他浮出一抹憐憫的笑容說著，然而他卻突然用了「妳這傢伙」這個稱呼。

「我剛才不知道妳的名字，正想著要用什麼暱稱叫妳時，腦中突然間浮現出佇立在樹蔭底下的可愛哺乳類。面對披著警察皮的狼，妳那微微顫抖的身軀簡直就像是小松鼠呢，實在很可愛。」

「呃？喔……」

「如此這般，從今天起，妳就是小松鼠了。」

他一口氣喝光了茶，斷然地說。

「春草也這麼叫她就可以了。」

「我不要。」

春草立即回答。

「哎呀，你不要？真是的，春草很容易害羞的嘛。」

「不好意思，小松鼠對我來說也有點……」

雖然被素昧平生的人怎麼稱呼其實無傷大雅，但她還是覺得有點害羞。

「不喜歡小松鼠嗎？那不然叫小貓怎麼樣？不，小狸貓、小老鼠、小豬……」

再怎麼說也不會叫小豬吧！芽衣默默生起氣來，鷗外卻格格地笑出聲。

「哈哈！看來我是惹妳生氣了呢，妳的臉頰都鼓起來了，看起來就像把食物塞滿整張嘴的小松鼠嘛，果然我的比喻是沒有錯的。」

「我、我原本就是這樣的！」

芽衣不自覺高聲駁斥，原本一直沉默喝著茶的春草立刻以銳利的目光瞪著芽衣。

「請妳不要發出這麼大的聲音可以嗎？妳以為現在幾點了？」

「……對不起。」

掛鐘顯示晚上九點半。窗外已經完全暗了下來，能夠微微聽見樹木窸窸窣窣的聲音。

「鷗外先生，我覺得把一名女士留到這麼晚並不好。」

「嗯哼，說得也是。小松鼠，妳家在哪裡？稍微休息一下後，我請人力車夫送妳回去吧。」

咦？芽衣抬起了頭。

「我可以回家嗎？」

「妳問的問題還真奇怪呢，難道妳真以為會被賣給人口販子嗎？」

直到剛才為止她都是這麼想的，任誰被硬是帶來這種不明所以的地方鐵定都會有所警戒，猜想對方是否有不好的企圖。

（不過……）

她的緊張終於緩和下來，身體也深深地陷進沙發當中。

今天接連發生不可思議的事情，她的腦中盤旋著滿滿的疑問，到最後還被本應是救命稻草的魔術師給逃走，差一點就要被帶著軍刀的警察給逮捕，好不容易逃離災難，才抵達了這裡。

（對了，我被這個人幫助了呀。）

冷靜下來想是這樣沒錯。在鹿鳴館大廳那些遠觀騷動的人們之中，唯一伸出援手的，就是眼前的這個人。如果沒有他，芽衣現在鐵定被送到拘留所了。

芽衣緩慢地抬起頭看著鷗外。

「話說回來，妳的雙親知道妳去了鹿鳴館嗎？這種時間還在外面走動，鐵定會被責罵吧。」

「不，我……不是很記得我自己的雙親還有家裡的事。」

「嗯？不記得？」

鷗外和春草互相對視。

「是的……」

芽衣稍微遲疑了下，決定向這兩人坦白目前為止的始末，包括等她醒來後人就在日比谷公園的長椅上，在不記得自己事情的狀況下被謎樣魔術師帶進鹿鳴館，接著到了這裡。

就連芽衣自己也覺得這些話非常荒唐。

既唐突又毫無脈絡可言，聽起來就像是在講夢話。然而那兩人卻出乎意料地認真聽著她那荒誕的事情始末，他們沒有挖苦她，也沒有嗤之以鼻。

「——嗯哼，是記憶障礙嗎？這些話聽來還真是不著邊際啊。」

芽衣一口氣說完之後，鷗外懊惱地交叉雙臂，春草則是發問。

「有這樣的病嗎？」

「真不巧，我可不是腦神經的專家呢。雖然我沒有臨床的經驗，但我聽過有這樣的症狀，大多似乎是因為精神創傷造成的短暫性症狀，無需特別治療，過了一晚就會變回原來的模樣……」

「咦？這麼說，只要睡覺就會治好嗎？」

芽衣不自覺向前傾，鷗外聳聳肩，說了一句「誰知道呢」。

「關於大腦的神經迴路，就算是結合東西方的醫學觀點來看，至今依然有許多尚未解開的謎呢。有經過一晚就治好的案例，也有記憶沒能恢復就這樣度過一生的案例，極端一點來說，這是因人而異的，畢竟也還沒有確立相關的治療方法。」

「一生……」

芽衣的眼前一片黑暗。她從來沒有想過，自己的記憶有可能會一生都無法恢復。

芽衣打算讓自己冷靜下來，並呼出一口長氣。她將手伸向放在桌上的熱茶，輕輕包覆住那份溫暖。

（得冷靜下來才行，又不是說一定治不好了。）

她對自己這麼說。她又不是所有的記憶都消失了，她能夠像這樣說話，也能說出自己的名字。她應該是一名極為普通的高中生，雖然記憶還很曖昧，但她總感覺自己有應該要回去的地方。

（沒事的，我一定能夠回家的。）

芽衣用祈禱似的心情緊握茶杯，突然間有一隻手放在她的肩膀上。

她抬頭一看，鷗外不知何時站到了她的身旁，用悠然的笑容俯視著芽衣。

「總之今天已經很晚了，我現在就帶妳到房間，妳就住在我們家吧！」

「咦！不、這樣太……」

芽衣因為這出乎意料的提議而站了起來。

「反正妳也沒有地方可以去吧？幸好我的宅邸裡還有多餘的房間，可以充當宿場[4]。妳不必感到客氣哦，吶，春草？」

被點名的春草頓了一下，並「哦」了一聲應允。

「我沒有異議，畢竟我也是在這裡寄宿的。」

「那麼就這樣決定了。」

鷗外也用了不容芽衣拒絕的笑容點頭。

「啊啊，如果在都是男人的地方住宿會感到不安，今天晚上我就讓富美小姐也住這裡好了，這樣妳就會放心了吧？嗯哼，放心，這樣就沒什麼好擔心的了。」

「那、那個……」

鷗外半強迫地抓住芽衣的手腕，往門口走去。他就這樣出了陽光室，爬上樓梯，用毫無遲疑的步伐闖進了陰暗的二樓走廊。

「請不用管我，我沒事的！我會在卡拉ＯＫ包廂或是漫畫咖啡廳待到早上消磨時間的！」

「妳在說什麼，這種時間可沒有咖啡廳在營業囉，還真是個不知世面的小姑娘呢。」

不可能的，這裡可是東京，二十四小時營業的店要多少有多少。芽衣很想要這麼說，就算附近沒有漫畫咖啡廳總會有家庭餐廳或速食店的。

然而她之所以沒能說出口，是因為她回想起從鹿鳴館到這棟宅邸的路程。在稍微偏離了主要街道後，路上毫無生氣的程度甚至無法讓人聯想到這裡是東京，田間小路還能聽見蛙鳴，她甚至懷疑自己的耳朵。那陰暗且寂靜的道路，要說是前往犯罪組織根據地也很有說服力。

4. 驛站，意指讓旅人休息的地方。

「那麼今天晚上就用這個房間吧！這是我表姊妹曾經使用過的房間。」

芽衣抱持著混亂的違和感，被領進了位於走廊盡頭的房間。

那是一間有著六面牆壁搭配三個格子窗的洋房，備有大型桌子套組和暖爐，再加上金黃色的窗簾和淡紅色的坐墊等，房間內隨處可見女性使用過的痕跡。

「這間宅邸原本是我伯父的，不過伯父很久以前就搬到了津和野，所以現在就租給我用。這房間日照很好又很通風，要是妳喜歡就好了。」

「好棒……好像飯店一樣！」

天花板很高，被月光照亮的格子窗陰影就這樣投射在木片拼花的地板上。櫃子和衣櫥散發出米黃色的光澤，乳白色的骨董風燈飾也相當美麗，最重要的是房間裡有暖爐，這在一般住宅中是難以目睹的光景。

「哦？妳說的飯店是指帝國飯店嗎？比較的對象竟然是日本首屈一指的高級旅館，小松鼠看來不是一般的行家呢。」

「呃、不，沒有這回事啦。」

鷗外一臉佩服似地盯著芽衣的臉，那是個好似在觀察稀有小動物般閃爍著好奇心的眼神。面對這樣極近的距離，芽衣不自覺別開了視線。

「話說回來，我有個朋友現在正住在帝國飯店呢，妳應該沒有聽過拉夫卡迪奧・赫恩這名字吧？」

「拉夫卡迪奧・赫恩……？」

這名字好像有在哪裡聽過。

「他是個很愛日本的人，出版了很多關於日本的著作，他會用小泉八雲這個名字寫怪談小說，是個有點奇怪的男人呢。」

「小泉八雲……？啊！我知道！確實是寫《無耳芳一》的人！」

芽衣猛地擊掌。

小泉八雲是撰寫《怪談》的知名人物，他從國外來到日本，因為太過喜歡日本而歸化為日本國籍，這點粗淺的知識芽衣還是有的。

（……為什麼我會記得這種事呢？）

她再度感到不可思議。就好比東京的地名、歷史上的事件等，她明明有最低限度的常識，卻偏偏幾乎不記得與自己有關的記憶，這究竟是怎麼回事？

「哈哈！小姑娘果然知道小泉啊？就各種意義上來說，他是個知名人物呢……不過竟然連他的著作也知道，還真是個博學多聞的小姑娘。從妳這麼有教養來看，或許妳曾念過某間女子學院呢，譬如山手的菲利斯神學校或是東京的女高師……」

鷗外思考了一會兒後，吐了一口氣說「算了」，往走廊走去。

「那個大衣櫥裡應該有我表姊妹留下來的換穿衣物，如果其他還有什麼需要的，妳再跟富美小姐說。」

「好、好的。那個……」

「妳今天累了吧？好好休息。」

鷗外說著，伸出了手，輕輕撫摸芽衣的頭。

「祝妳有個好夢，小松鼠。」

說著，門砰的一聲關上了。

（走掉了……）

周遭突然間安靜了下來，芽衣悠然地觀望房間。

這是一間彷彿會出現在電影當中的洋館房間。她不自覺就被牽著鼻子走，決定住在這麼高級的房間裡，不過對現在的自己而言，這只能說是相當幸運吧。如果沒有他的好意，她就只能忍受露宿野外了。

透過窗戶，可以看見修剪整齊的美麗庭院和連綿的屋頂，以及紅色明月。

芽衣呆呆望著那明月，橫躺在床上。

（我會變成怎麼樣呢？）

就算思考也得不出答案。她回想起了那位魔術師的話。

——這裡可不是現代的平成年代，而是明治時代哦。也就是說，因為我偉大的魔術，讓妳穿越到百年以前的古早時代啦。

她為了理解這句話而反覆囁嚅，不久後便感到眼皮重了起來。

芽衣被無法抗拒的強烈睡意給侵蝕，靜靜地失去了意識。

（對了，我明明是想要道謝的。我得向鷗外先生說，謝謝你幫助了我……）

明天起床後，要好好對他說。

如果這並不是夢，那就要道謝，接著，接著……

（必須得……見到查理先生才行……）

在逐漸模糊的意識當中，芽衣感受到遠處傳來了祭典奏樂的聲音。朝氣蓬勃的笛子聲、不規則的太鼓旋律，以及鈴鐺那叮叮噹噹的聲響。

高掛在群青色夜空中的紅色滿月，再度浮現。

在從學校回家的路上，她被那祭典的奏樂聲給吸引，在那彷彿是神明大人匆匆忙忙創造出來如同禍害一般的月亮底下。

（……啊啊，對了……我在那天晚上……）

那天晚上，芽衣和同年級的朋友們一面聊著無謂的話題，一面走著。譬如下午的數學課實在太讓人想睡、購買的咖哩麵包太辣了、車站前剛開的店家等等。

這個世界上充滿了許多便宜又可愛的衣服，雖然身為學生的自己可以靠零用錢想辦法追上流行，「但總覺得還是有點不同呢」——其中一名朋友說。

「如果在牆壁純白、燈光明亮的店裡逛，就會覺得每件衣服都很可愛吧？可是回到家裡一穿之後，才發現並沒有那麼一回事，衣服沒有想像得那麼可愛。這究竟是為什麼呢？」

情緒簡直像魔法被解除一般冷卻下來，明明在店裡選衣服時是最快樂的呀。

在這般抱怨的朋友身旁，芽衣呆呆地仰望著天空。

（……總覺得不太吉利呢。）

芽衣心裡有些躁動，總覺得靜不下心來，或許是因為這個月亮的緣故。在紅色的滿月底下，水泥道路、搖晃的行道樹、便利商店的招牌輪廓都隱隱約約渲染開來，變得模糊不清，看起來好像紙糊的戲劇用小道具，毫無真實感。

就在此時芽衣感受到了一陣風，同時聽見了祭典的奏樂。

（祭典？）

沉醉於閒聊中的朋友們並沒有留意到逐漸貼近的祭典氣息，只有她——芽衣豎起耳朵聽著祭典的音樂，和朋友們往不同的方向走去。

不久，她看見了公園。往此方向奔跑而來的孩童們，相繼沒入這個被高樓包圍的空間裡。

「來來，看過來看過來！」

不知不覺間，芽衣已經身處於人群之中。

烤玉米、蘋果糖、棉花糖、釣水球。在攤販整齊林立的廣場正中央，一名綁著頭巾、身穿袴的男子一面舞著日本刀，用唱戲的腔調煽動群眾。

「我現在放在眼前的傷用藥膏就是這個——蛤蟆油。雖說是蛤蟆，但是和隨處可見的蛤蟆可不同！這個油可以治療龜裂和凍瘡，更能有效遏止大男人也會痛到翻滾的牙痛……」

身旁放置的招牌上，畫著青蛙的圖畫和寫著「蛤蟆油」的文字。

根據攤販的解說，這看起來是在當場演出從江戶時代流傳下來的軟膏銷售情形[5]。轉眼間，黑壓壓的人群就被那油腔滑調的開場白和誇張的舉動給吸引過去。

「來來，經過此地的各位，這位樣貌奇特且古怪的小姑娘，竟然是因為雙親的因果報應在子女身上才出生的蛇女！沒有親眼一見會吃虧，太過性急也會吃虧，費用稍後再給就可以了，來來來～！」

一名站在詭異小屋前的男性，以不輸給賣蛤蟆油的聲音吆喝。

大型看板上，畫了一名長滿綠色鱗片，看起來極為毛骨悚然的女子畫像，看來這裡就是所謂的馬戲團。

即便知道內容都是騙小孩的把戲，不知道為什麼，還是會想要被騙一番。倒不如說，芽衣完全被祭典這股如果不被騙，反而會吃虧的高昂氛圍給迷住了。

「各位看官，看過來看過來，西洋魔術博士要獻上世紀大魔術秀啦～！」

在形形色色的街頭藝人炒熱祭典氣氛之下，一名男子吸引的人群格外眾多。

他身穿深紅色燕尾服，看起來就像是一名魔術師，在脫下大禮帽之後有禮貌地對觀眾敬了個禮。戴著單片眼鏡的那隻眼眸，一下子彎了起來。

「各位眼前的這個箱子，其實是個能夠讓放入箱子的所有東西都從世界上消失的不可思議箱子，不管是大象、飛機還是坦克，都能夠消失給各位看！那麼，有哪位看官擁有個人噴射機呢？今天是騎大象從印度過來的客人請舉起你的手！」

對於魔術師不知所謂的言詞，群眾們哄堂大笑。

「哎呀，沒有騎大象來的客人嗎……？咦？徒步走來的？看來，今晚的客人非常貧窮……不，是非常庶民呢……咳咳！那麼今晚我們就改變宗旨，讓在現場的一位客人消失給各位看吧！」

成排的燈籠隨風飄揚，增添了祭典奏樂的激昂。不久，他揚起一抹詭異的微笑，用手指著觀眾。

5. 蛤蟆油是江戶時代的一種療傷軟膏，但當時很多江湖郎中都用誇張的言詞和作假的表演彰顯蛤蟆油的功效，現在這賣油段子已經演變成一種表演。

「那麼，那邊那位可愛的小姑娘！」

周遭人們的視線，同時集中在芽衣身上。

芽衣有些無法理解為什麼大家會看自己，顯得相當狼狽。而她也沒能拒絕，就像是被人群給推擠上去一樣，等她回過神來，她已經被迫站在現場的舞臺上了。

「來來，這邊這位可憐的小姑娘，只要進到箱子裡面後！太神奇啦！我數到三，就會華麗、俐落地從這個世界上消失！」

觀眾立刻猛力歡呼與拍手。

「小姑娘，妳有心理準備了嗎？準備好的話，就請進到箱子裡面！」

偏偏指名自己的這名魔術師實在太可恨了，芽衣本來就不擅長引人注目，卻也只能在違背本意之下，不情願地鑽進黑壓壓的箱子裡。

（……這項魔術結束後就趕緊回家吧。）

果然不應該繞路的，不過後悔也來不及了，芽衣現在只得盡快撐過現狀，等到魔術結束，就可以回家了。

「這位勇敢的小姑娘命運究竟會如何呢！如果完美成功了，請給我些喝采！」

蓋子一面發出嘰——的沉悶聲關上了，視線完全暗了下來，被阻隔在外部的祭典喧鬧聲逐漸遠去，鴉雀無聲的寂靜降臨在箱子當中。

「那麼，就開始吧！大家一起倒數！」

芽衣環抱膝蓋，閉上眼睛。

回到家之後要吃晚餐，洗完澡就來寫作業，接著、接著……

「三！」

接著發訊息給朋友，如果還有時間就閱讀小說的後續。

「二！」

接下來只要深深沉睡就好。在那之前，別忘了調鬧鐘。

「一！」

別忘了，深沉地、深沉地——

第三章　偽裝的婚約者

隔天，芽衣因為「咚！」的一聲巨響而醒來。

與其說是醒來，不如說是被這像發射大砲的聲音給嚇得跳起來，因用力太猛還從床上摔了下來。接著她頂著半睡翹的頭衝出房間，跑下樓梯，在冷颼颼的木板走廊上奔跑著，最後抵達了昨天去過的陽光室。

「剛、剛才發出了咚的聲音！好像有人發射了什麼東西？」

「啥？」

春草在陽光室裡面，他身穿和服，坐在一人座的沙發上，厭煩地撩了撩他柔和的劉海。不久，他抬起原本在看報紙的臉，微微皺著他形狀姣好的眉。

「妳剛剛才起床？」

「是、是的，比起那種事，敵人的攻擊……」

說到一半的芽衣，突然間停止了動作。

（咦？）

明明受到了砲擊，春草卻極為冷靜地看著芽衣。燦爛的陽光從室內牆上的窗戶透了進來，在庭院裡嬉戲的小鳥們的鳴叫聲醞釀出了安穩的氛圍。

對於這像畫中一般的和平光景，芽衣歪了歪頭，同時她睡糊塗的思緒也逐漸清晰起來。

「不好意思，我……好像睡昏頭，不小心搞錯了……」

「對吧。」

「不過剛才發出了很大的聲響吧？」

「那是午砲啦，用來通知已經正午的空砲，搞什麼，妳連這種事都忘了嗎？」

春草愕然地回答。用來通知正午的空砲？芽衣揉著眼睛，看了看掛鐘，叫了一聲。

「啊啊！」

時鐘的指針正好指著正午。無論揉幾次眼睛，事實也不會改變，換句話說，自己在別人家裡爆睡到了中午。

這樣也太厚臉皮了吧。芽衣呆站在原地，嘆了一口氣。

（這樣啊……昨天的事情果然也不是夢呢。）

她腦中回憶起昨天晚上的一連串事件，很遺憾地那些全部都是現實。在陌生的土地與不認識的人相遇，在沒有見過的宅邸度過了一個晚上的自己，現在依舊在此地。記憶仍然模糊不清，對於這個事實，芽衣比什麼都還要感到失望。

「妳一個人又叫又沮喪的，在妳這麼忙碌的時間抱歉打斷妳哦。」

接著，春草向呆然的芽衣搭話。

「妳那打扮不想辦法處理一下嗎？」

「咦……？啊、對了！」

昨天晚上她連換衣服的力氣也沒有，就這樣直接穿著制服睡著了。她的頭髮亂七八糟，制服上衣也縐成一團，脖子上的蝴蝶結已經開始脫落，映照在窗戶中的自己模樣實在很狼狽。

「實在看不下去，快去換衣服啦，在鷗外先生工作回來之前。」

「……」

竟然被說看不下去。雖然事實上是這樣沒錯，但這個名為春草的人不知道為什麼，從昨天開始就一直用毫不留情的視線和措辭面對她。

（話說回來，在鹿鳴館的時候，才剛見面我就被他說『稀奇古怪』呢。）

明明同樣是穿制服的夥伴，被那樣說真的很受傷。

「那個……這個打扮有這麼奇怪嗎？」

「很奇怪。」

他立即回答。

「像這樣不體面地把腳露出來，妳該不會覺得自己很時尚吧？如果是這樣，那妳可完全誤會了，和妳那稀奇古怪的裝扮相比，舞獅還比較樸實雅致呢。」

芽衣愕然地睜大了嘴。還想說這位沉默青年的話終於開始多了起來，沒想到卻被拿來和舞獅相比。

「不過，這個長度是很普通的啊。」

「怎麼想都不普通吧，妳到底是在哪裡買到那個圍裙的？」

「竟然說圍裙……請正常地說是裙子好嗎？」

「裙子？」

是自己太過敏感嗎？春草的眼神，好像正在尋求關於「裙子」的說明。

「……裙子就是裙子呀，譬如迷你裙或長裙。」

「迷你裙？那是什麼？」

「?!」

他看起來不像是會開玩笑的類型，恐怕他是很認真在詢問。

（他不知道迷你裙啊……與其說不知道……）

於是芽衣暗自下了一個決心。她感受到從昨天開始那些曖昧不明且無法解釋的現實，終於開始有點眉目了。

「……春草先生，在那之前，我想問你一件事。」

「啥？」

他以怪異的表情，看著逐漸走向自己的芽衣。

「現在是明治時代嗎？」

在芽衣單刀直入地問了以後，春草的眉頭猛力蹙緊，接著以更為吃驚的模樣反問。

「那又怎樣，妳在跟我開玩笑嗎？」

箭鷺圖案的和服，配上絳紫色的袴。塞在衣櫃裡的這套日式搭配，看來是鷗外的表姊妹出嫁前穿的衣服。

在春草強力的勸說之下，芽衣暫且脫下制服，穿上這件袴。彷彿覺得不可能會有這個時代的人不熟悉怎麼穿和服，對於看著袴而不知所措的芽衣，森家的僕人富美一臉無法理解的模樣，卻還是出手幫忙了。

鏡中身穿日式服裝的自己，看起來宛如他人。

及肩的長髮，用紅色的蝴蝶結給綁成了公主頭。芽衣雖然覺得這件看起來像大學生畢業典禮時穿的袴相當可愛，不過只要動作稍微粗魯一點就會走樣，而且衣服意外地有分量，穿起來實在不舒服。

（這裡……真的不是現代呢。）

剛才春草看的報紙，寫著明治的年號。差點嚇暈的芽衣，在那個瞬間終於從自始至終感受到的違和感中解放。

這裡，是沒有便利商店、家庭餐廳、電車和迷你裙的明治時代。

這時代還處於只有一部分商業設施和家庭才有供電的階段，所謂的庶民維生管線和江戶時代沒什麼太大的差別，煮飯洗衣要使用井水，再用炭爐灶煮飯，到了晚上則用石油燈取得光源。

做為人們代步工具的主要是人力車和馬車，不然就是有軌馬車。太陽西下後，街上會點起瓦斯燈，上流階級的紳士淑女們每夜會聚集到做為歐化政策一環而建造的鹿鳴館。

最後，是把芽衣帶來這個時代的罪魁禍首──魔術師查理。

經過了一個晚上，芽衣終於回想起了在那個祭典上發生的事情。她本來只是抱持著輕鬆的態度參與魔術秀，為什麼卻從現代穿越到了明治時代？她想要發洩這憤怒和疑惑，然而最重要的本人卻從鹿鳴館消失了蹤影。

（這種事，有誰會相信呢？）

我是活在平成時代的人，是因為某些差錯而穿越到過去──原本光是失去記憶就已經散發出可疑人士的氣息了，再繼續追加這種讓人起疑的身世，那可怎麼辦？最終鐵定會被當成頭腦有問題的人。芽衣如此判斷之後，決定暫且不要說出這項事實。

「哎呀，妳換好啦？看起來很適合妳呢。」

更衣完畢後，芽衣走下樓，鷗外正好回來，他一看見芽衣的日式裝扮，就笑著揚起嘴角。

「有那麼一瞬間，我還以為是我的表姊妹回來了呢，和服的尺寸看起來也合適，這真是太好了……不過就我而言，我也很難割捨昨天的洋裝就是了。」

「那種外國服裝還是算了吧。」

從陽光室走出來的春草插嘴。

「要是穿著那種不知廉恥的服裝在附近閒晃會引發醜聞的，大家還以為森家來了個心理變態。」

「哈哈！隨他們想不就好了嘛！要穿怎樣的服裝是個人的自由，我們應該要尊重才對。就算只是穿一件兜襠布，也沒有道理被他人說三道四的吧？」

「……鷗外先生實在是奔放過頭了。」

春草一副受不了的模樣，嘆了口氣。

（不知廉恥啊……）

到了現在這個地步，芽衣也能理解春草為什麼會對迷你裙有排斥感了，不僅僅是他，在鹿鳴館對芽衣質詢的警察反應也一樣。在西服還沒普及的時代露出腿

部等等，只能說是「稀奇古怪」且「不知廉恥」的愚蠢行為吧。

「話說回來，過了一個晚上後妳覺得怎麼樣？有沒有回想起什麼事？」

鷗外問著，芽衣靜靜地搖頭。

「嗯哼，果然沒有這麼順利啊。不過也不必焦急，就慢慢觀察狀況吧，在記憶恢復之前，妳待在這間宅邸也沒關係的。」

「咦……？可以嗎？」

「當然。」

鷗外大方地點頭。

「我昨天也說了，我家有多的房間，吃閒飯的人從一人增加為兩人也不成問題哦。」

才不是不成問題吧！自己又不是貓或狗，增加的負擔應該不少才對。

然而沒有地方可以依靠的芽衣，對於他的提議也只好順水推舟了。竟然受到昨天晚上以為是誘拐犯的人關照，自己想來也覺得很現實。

「那個，非常感謝你！我會努力盡快回想起來的。做為受你照顧的回禮，請讓我好好幫忙掃地、煮飯和洗衣服！」

「哦？這個嘛，隨妳喜歡吧。比起那個，現在已經一點了，我們必須盡早補充體內的營養才行。」

鷗外輪流看著芽衣和春草，大大地張開了手。

「如此這般，今天的午餐我們就吃奢華的外食吧！」

──外食。

芽衣對於這個單字有所反應，肚子馬上開始咕咕叫。回想起來，從昨天開始她就幾乎沒吃東西。

同時，這也是尋找查理的好機會。

對於那名從鹿鳴館逃離的男人，必須想辦法掌握相關消息。

「那麼，我們要吃什麼？」

「哎呀春草，別問我嘛，這種情況下以女性的意見為優先才是紳士的禮儀……來，小松鼠，妳有沒有什麼想吃的東西？壽司和鰻魚什麼的都行，我請妳吃妳喜歡的食物吧！築地精養軒的西洋料理怎麼樣？雞肉做成的湯配上西式燒烤鯛魚，還有蛋包飯也很不錯呢。」

「那個……」

對方好像列出了許多很促進食慾的菜色，於是春草深深嘆了口氣。

「午餐吃築地精養軒太誇張了吧，我吃附近的蕎麥麵店就可以了。」

「所以說春草，我並沒有在問你呀！你這男人可真是的，對女性的細膩關懷實在不夠。話雖如此，你繪畫卻很細膩呢，人類真是個不可思議的生物。」

鷗外彷彿很感嘆似地仰頭，芽衣則怯生生地向兩人搭話。

「我也不用吃那麼高級的料理啦，牛丼之類的就行了。」

「牛丼？哦哦，妳想吃牛肉嗎？」

鷗外用爽朗的笑容回應芽衣的需求。

「講到牛肉，那就是日本橋『IROHA』的牛鍋了。好，趕緊叫人力車吧！」

他點點頭，輕快地往外走去。

芽衣猛地眨眼。日本橋？IROHA？

「咦？可是，講到牛丼，當然是吉野……」

春草銳利地瞪著話說到一半的芽衣。

「竟然說要吃牛鍋，還真是奢侈。」

「咦？」

他立刻別開視線，穿上草鞋出了玄關，被留下來的芽衣呆若木雞，只能望著對方離去的背影。

（為什麼？為什麼奢侈？牛丼可是B級美食的經典耶……！）

鐵鍋上，色彩鮮明的紅肉發出滋滋聲。

從肉裡頭溶出來的脂肪裹在日本大蔥上，眼看正逐漸煮成香噴噴的焦黃色。接著醬汁流進了鐵鍋中，濃厚的甜辣香飄盪在整個空間，芽衣用陶醉的表情，守望著這極致幸福的流程。

（看起來好好吃……）

牛丼。不，是牛鍋。

她被鷗外帶來了位於日本橋的牛鍋專賣店「IROHA」。

這和芽衣想像中只有櫃檯的牛丼店完全不一樣，外觀散發出高級割烹料理的氛圍。店門口的紅色門簾上寫著大大的「牛肉」，面向客人座席的窗戶上，鑲著五顏六色的彩繪玻璃。

根據春草所言，幾乎每間牛鍋店的窗戶上都有著類似的彩繪玻璃。在過午的和煦時節，微弱的光從三原色的窗戶透進來，像萬花筒在榻榻米上映照出閃閃發光的馬賽克。

「來，多吃點，要是不夠都可以再點哦。」

「我開動了！」

在鷗外宣布開始用餐的同時，芽衣將筷子伸向鐵鍋。

菜單上寫了「一般」和「高級」兩種級別，鷗外慷慨地點了後者的肉。只要咀嚼一口，醬汁的甘甜味就會竄上舌頭，接著紅肉才會有的豐富滋味會在口中擴散，這調味本身可以說和壽喜燒幾乎相同吧。

「如何？合不合妳口味呢？」

「非常！好吃！」

芽衣深深點頭，在一旁的春草則是瞥來冷冷的視線，說道：

「妳喜歡牛肉啊。」

「是的！與其說牛肉不如說我喜歡所有的肉，而其中最愛牛肉！」

「哦，真厲害耶，明明失去記憶，卻記得自己喜歡吃什麼。」

「……」

這聽起來很像在挖苦人，該不會是自己的錯覺吧？不過，也確實正如他所說。唯一記得與自己有關的記憶竟然是名字和喜歡的食物，這究竟是怎麼回事？

（大概被當成是厚臉皮的人了吧。）

被招待至宅邸後馬上就決定要寄宿，還狡猾地被請了牛肉火鍋，芽衣自己也知道這種狀況有多麼厚臉皮。而且芽衣到現在才終於察覺，在明治時代，或許無法抱持著吃速食的心態品嘗到牛肉料理。

「那個……」

趁著鷗外追加點肉的空檔，芽衣偷偷向坐在旁邊的春草耳語。

「這個牛鍋大概要多少錢呢？鐵定很貴吧？」

「當然很貴啊，高級的要五錢耶。」

「五、五千日圓？」

「不對，不是五千圓，是五錢……是說，正常怎麼可能會要價五千圓啊，這價錢拿來買這間店都還有找耶。」

春草用著「妳真是沒有常識」的眼神看她。

（啊，這樣啊，是五錢。）

沒錯，貨幣價值也和現代不同。不過就算說五錢很貴她也沒有頭緒，這換算成現代的價值究竟是多少？

「哎呀，怎麼愁眉苦臉的呢？已經吃飽了嗎？」

鷗外一面把肉加到火鍋裡，看著芽衣的表情。

「不……我只是在想你對我這麼親切究竟好不好呢？明明昨天才剛認識，總覺得很抱歉。」

即便感到抱歉，芽衣還是立即把煮好的肉夾到自己的小盤子上，沒有什麼比煮太久而變硬的肉還要來得悲傷了。

「哈哈！原來如此，不過妳沒有必要不好意思。」

鷗外也微笑著，不斷把煮好的肉放到芽衣的盤子上。

「我呢，只是想要被可愛的小姑娘感謝而已，所以妳不必感到不好意思。要是妳有閒工夫過意不去，就多吃點肉，多感謝我一點吧。」

「……什麼？」

芽衣不自覺停下了筷子。

「妳啊，現在對我有極度的感謝之心吧？畢竟我從恐怖的警察手中把妳救出來，還提供床舖，甚至請妳吃高級牛鍋，被幫助到這個分上是不可能不感謝的。」

「是……」

「來，再多吃點！往後我也會拚命賣恩情給妳到讓妳厭煩的程度，有所覺悟吧。」

「哦……」

就算被說要有所覺悟也……

「謝謝你。」

芽衣已經十分感謝了，她暫且放下筷子向鷗外低頭致謝。接著鷗外彎起眼眸。

「可惜，實在太可惜了。」

「嗯？」

「應該要說謝謝你，主人……才對吧？」

芽衣瞬間背脊發涼。

她僵硬地凝視著鷗外，那浮出一抹溫柔微笑的嘴角剛才竟若無其事地說出了不得了的發言，這應該不是自己的錯覺吧？
「哎呀，不該說主人，在這部分我們家也應該採用歐化政策，要稱Master才對吧？不過和前者相比，我無法否認後者在言語上欠缺了點情緒，這實在是很令人煩惱的問題。你說是吧，春草？」
「鷗外先生，你玩笑開得太過火了。」
春草不加思索地責備這位讓人煩惱的男人。
原來是玩笑啊……正當芽衣終於脫離無法動彈的狀態後，鷗外卻又接著說了一句。
「嗯──這可不是玩笑啊。」
雖然已經有點晚了，但芽衣現在才開始覺得自己好像受到一個很了不起的人關照，要後悔也太遲，畢竟她吃掉了無法回頭的大量牛肉。
「妳不必認真。」
春草用極小聲音低語。
「這個人只是有點奇怪而已，別介意。」
芽衣略為驚訝地點頭。

春草外表看起來面無表情也絲毫沒有情緒，卻總會很俐落地提點或制止一下鷗外，這點讓人相當意外。話說回來這兩人是怎樣的關係呢？看起來不像親戚，氛圍上也不像是朋友那般緊密。

「鷗外先生是陸軍的醫生……沒錯吧？」

芽衣打算轉移有關主人的話題，故而詢問，確實他在鹿鳴館時曾被警察稱呼為「陸軍一等軍醫」。

「哦哦，我平常會在牛込的陸軍軍醫學校指導衛生學，偶爾也會在春草念的東京美術學校擔任美術解剖學的臨時講師。」

衛生學與美術解剖學。芽衣不是很清楚，不過這些學科的內容聽起來很困難。

「咦？可是，森鷗外不是小說家嗎？」

芽衣以為自己是在心裡嘀咕，沒想到卻不小心說出口，趕緊慌張地用手摀住嘴巴，結果鷗外一臉滿意似地回應了。

「的確，我白天是在外工作的，不過晚上會在自宅裡很勤奮地寫作呢。只是沒想到像小松鼠這種年輕的女士會知道我的工作耶，小泉的事情也是，我深深因為妳的博學多聞而感到驚訝。」

芽衣擺出了一臉「不，也沒那麼誇張啦」的含糊表情。

話雖如此，既是軍醫也是美術學校的臨時講師，還有著作家的頭銜，果真是個了不起的人才，她很虛心地尊敬起對方。

「啊，那麼你們兩人是在那間東京美術學校認識的嗎？」

「不。」

春草立刻否認。

「鷗外先生成為東美的臨時講師只是單純巧合，我開始在森家寄宿是在更之前的事情。」

「嗯？是這樣啊？」

「哎呀，這可真是讓人懷念的故事呢。」

鷗外放下筷子，喝了口茶，格格地笑起來。

「小松鼠，這男人有個怪癖，只要在外面看見貓咪，就會不自覺去追求牠們呢。呵呵，真是個怪異的男人吧？」

「啥？貓咪……？」

芽衣緩慢地將視線轉到春草身上，她有點不了解鷗外所說的意思。

「……鷗外先生，請不要用這種會招人誤解的說法。」

「這也不是誤解吧？你一年前在我家宅邸前熱烈追求貓咪是個無庸置疑的事實啊，我記得你確實展現了熱烈的求愛，說著『我想要永遠保有妳的美麗！』、『啊啊，怎麼會有這麼完美的前肢和尾巴』！不是嗎？」

「我可不記得這種事。」

「哎呀，是這樣嗎？我看見了那樣的你，不禁感嘆莎士比亞在現代復活了呢。我心想竟然出現如此令人愉悅的男人，不自覺就向你搭話了。」

「啊啊，我只記得在那之後遭遇了各種倒楣事。被招待至鷗外先生家裡喝茶是很不錯，但沒想到一到六點，就突然間變成裸體了。」

「裸、裸體？」

芽衣將視線轉到鷗外身上，對方卻一臉「那又怎麼樣」的表情，堂堂正正——不如說是很得意似的。

「這是我家，我要用怎樣的打扮都無所謂吧？」

春草無力地垂下頭。

「那並不是可以出現在客人面前的打扮呀。」

「就算你這麼說，我也覺得很困擾。我呢，如果不在預定時間內把事情做完，就會覺得心裡不痛快啊。」

「所以說不要每次都把我牽扯進那個預定裡面啊。」

「那、那個！」芽衣慌慌張張地打斷兩人的對話。「貓呀、裸體呀什麼的，我聽得不是很懂，這究竟是怎麼回事啊？」

「……不久之後鐵定就會懂了。」

「哈哈！到時候就懂了吧。」

兩人在同個時間點做出了同樣的反應。

為什麼呢？真要說的話，自己感覺不是很想要知道……「貓」暫且不論，尤其是「裸體」這事更不想知道。

（總而言之，這兩人在路邊情投意合，便以此為契機開始同居了是嗎？）

這真是個奇妙的故事，不過人與人之間本來就不知道會以怎樣的型態相遇，就連和昨天才剛認識的這兩人一起吃牛鍋的現狀也不例外。

被牛鍋滿足了牙祭之後，飽餐一頓的三人走出了「IROHA」。

中午過後的日本橋相當有活力。行人與人力車頻繁交錯，商人們則在大街上比鄰做生意，從食品到生活用品什麼都有賣，這光景實在太過稀奇，芽衣不由得看得目不轉睛。

（這就是明治時代的街道……感覺就像身處在時代劇一樣！）

往來的行人們幾乎都穿著日式服裝，偶爾也會看見身著西裝、戴著帽子與圓框眼鏡的男性，不過女性大多都穿和服，而且只有藏青色和灰色這種樸素的顏色。芽衣再次理解那間鹿鳴館是上流階級人們所聚集的特殊之地，也是遠離塵囂的非日常空間。

昨天晚上除了夜色昏暗以外，當下也是個極度不適合欣賞街景的場合，不過在過了一個晚上的現在，芽衣終於有餘裕去觀察周遭。沒有受到高樓大廈阻隔視野的天空相當廣闊，只要風一吹來，塵埃就會起舞，芽衣必須用和服遮住嘴巴才行。畢竟和現代不同，這裡的道路並沒有鋪水泥。

「哇，好大的橋！」

芽衣指著一條橫跨河川、極為美麗的木製橋，鷗外則補充說明「那就是日本橋」。

「外觀看起來是很堅固，不過格外無法承受災害呢，都不知道至今為止重修過幾次了。咦？這橋是第幾座了？第十七座還是第十八座嗎……」

他歪著頭。也就是說這座橋絕對沒有保留到現代，說到底現代的日本橋也不是木製的而是石砌的。

「好啦，雖然我非常渴望繼續和小松鼠在東京約會，不過我等等會有客人來，必須回去才行了。所以呢，春草。」

「不可能。」

被指名的春草立刻回應。

「我還有學校的作業，無法代替鷗外先生擔任她的觀光嚮導。」

「哎呀，真是個壞心眼的男人耶，我想說你們年紀相近，感情應該可以變很好呢。」

「我認為人類之間的兼容性和年齡是沒有關係的。」

「你也越來越會反駁了嘛，真是的，這究竟是受誰的影響呢？」

鷗外苦笑一陣，看了看芽衣。

「那麼，小松鼠也要回去嗎？」

「……我可以再散步一會兒嗎？我想說在散步的過程中，或許會回想起什麼。」

芽衣說了。假使東京這座城市和自己有著不淺的淵源，在漫步的過程中，也許能夠掌握恢復記憶的關鍵。

雖然確實有這個因素存在，不過她最大的目的其實是去日比谷公園，也就是芽衣穿越到這個時代後第一個踏上的土地，以及——和那名謎樣魔術師相遇的地點。

「散步啊？這當然沒問題，那麼請妳帶上這個。」

說著，鷗外從身穿軍服的懷中掏出了布製的小袋子，交到芽衣手上，看起來像是錢包。

「在街上移動時搭乘人力車就行了，不過要小心那些形跡可疑的人力車夫哦，如果客人是女性，他們似乎會故意繞遠路或是找麻煩呢。」

「咦？可是這不好意思啦，我可以走路回去的。」

話雖如此，她也不曉得回去的正確道路，畢竟路上不可能像現代那樣掛著親切的標示。

「哈哈！真是個胡來的孩子。行了，就隨妳使用吧，如果其他還有什麼需要的就先買好，女性總會有些開銷的。」
「那、那麼，我總有一天會還的！非常感謝！」
鷗外笑著回應，舉起手招呼人力車，和春草一同搭了上去。
「還有，請盡量在太陽下山前回來，可以吧？等到了『朦朧之刻』，女性一個人走在街上可是很危險的。」
「朦、朦朧……？」
「就是傍晚到黎明為止的時間帶哦，天色暗下來之後，或許會被有不好企圖的妖怪們纏上不是嗎？」
即便對方如此認真地反問，芽衣還是很困惑。接著，春草咕噥了一句。
「沒事的，如果不是魂依，是看不見怪物的。」
「正因為看不見才危險，無論如何，還是提防點才好。」
魂依、怪物、朦朧之刻。聽起來很不可思議的單字交織而來。
（魂依可以看見怪物……？）
芽衣微微歪著頭，目送開始拉動的人力車。

搭乘人力車，一下子就從日本橋抵達日比谷了。車錢是三錢，芽衣驚慌失措地想辦法支付了三枚貨幣，再度踏上日比谷公園。

白天和夜晚的景色完全不同，寧靜的廣場裡坐落著涼亭和長椅，老夫妻與書生們正愉快地散著步。和昨天晚上穿著制服的情況不一樣，只要一想到身穿和服的自己正融入這些人當中，芽衣就覺得有種微妙的尷尬感。

（不知道查理先生在不在呢？）

芽衣試著繞了一下廣大的公園，卻沒發現那名奇妙的燕尾服男子。就在她悠晃的過程中，日照逐漸傾斜，夕陽為地面染上了暗紅色，東方的天空已經開始帶有群青色。

（……為什麼我會覺得到了這裡，就能夠見到查理先生呢？）

仔細想想，那名可以稱為讓芽衣穿越到明治時代的始作俑者，也是萬惡根源的男子，怎麼想都不會漫不經心地再度現身，甚至他還有可能已經一個人回到現代了。

即便有些牽掛，芽衣還是蹣跚地往公園的出口走去，要是再更晚回家，鷗外會擔心的。

（話說回來，他好像說了什麼太陽下山後就是朦朧之刻……）

突然，一陣冷風吹過她的後頸。

轉瞬間，天色就轉為濃烈的薄暮，殘留著一點暗紅色的雲朵在天空飄忽，鳥群從中橫越。人煙不知不覺消失了，只剩芽衣一個人佇立在廣場正中央。

附近的鳥兒發出了「咕咕」的鳴叫聲，那好似女人在嘲笑的聲音使芽衣打了個冷顫，雞皮疙瘩豎起來。

得趕緊回去才行。芽衣雖然加快了腳步，但再怎麼走都走不到公園的出口。不久夜幕低垂，就在潮濕的空氣蔓延上芽衣的腳踝之時——

「芽衣。」

從背後傳來的聲音，使芽衣停住了腳步。

些微的放心、驚訝和湧上來的憤怒情緒。伴隨著這交雜的多種情感，芽衣緩緩別過了頭。

「哎呀，真是好久不見啦，妳過得好嗎？」

「查理先生……」

穿著華麗燕尾服的男子背對著巨大的明月，站在那兒。

和初次見面時相同，查理浮出一抹人畜無害的微笑，並像即將開始表演魔術秀一般張開了手，取下大禮帽，深深一鞠躬。

「嗯哼嗯哼，妳看起來很有精神真是太好啦，不過還真是巧遇呢！我今天也正巧有預感，覺得會和芽衣見到面哦。」

「是說，現在可不是優閒打招呼的時候……」

芽衣用打著哆嗦顫抖的聲音，逐漸靠近查理。

還真虧他能夠像這樣傻笑啊！對此芽衣的情緒已經超越憤怒，轉為驚訝了。把別人帶來這種不知所謂的時代，結果在鹿鳴館被警察纏上，下一秒還留下芽衣一個人逃得飛快，怎麼可能忘記他的這般所作所為。

「快讓我回家！既然是你把我帶來這個時代的，應該也能帶我回去吧？」

縱使想要抱怨的話堆積如山，芽衣還是先單刀直入地拋出了這件要事。總之必須盡可能早一步脫離這種荒唐的狀況，不然什麼話都不必談。

結果，他非但沒有受到芽衣的怒氣壓迫，反而還用一臉恍惚的表情呼了口氣。

「啊啊……還是一樣讓人無法忍耐呢！那像是看著在盛夏放置了一個星期的咖哩鍋，混雜著無處宣洩的怒氣與憐憫的冷淡視線……」

「……啥？」
「不，沒什麼！」
查理馬上變回緊繃嚴肅的表情，聳聳肩膀。
「不過，妳真的這麼想回家嗎？明明幾乎記不得自己的事？」
「我……」
芽衣語塞。確實如查理所說，她自己沒辦法順利地回想起家人和朋友的長相，但也不能因為這樣，就覺得「不回家也無所謂」。總之只要回到現代，能夠回家的方法應該要多少有多少才對。
「話雖如此，我對於把妳捲進這件事情也是覺得有責任呢，我姑且有打算盡全力，想辦法讓妳回到現代的啦。」
果然，查理知道能夠回到現代的方法。芽衣有些動搖，不過還是對於對方那曖昧不明的說法感到很介懷，因而瞪視著他，彷彿在催促他講下去。
「不過我沒辦法現在馬上做到。就算我再怎麼身為絕世魔術師，要穿越時空也是個大工程，必須要有相當的準備和特定的條件，不然成功率是很低的呦。」
（……準備？條件？）

芽衣愕然地抬頭看著他，這種話她可沒聽說過。
「這、這樣我很困擾……需要怎樣的準備？要到什麼時候才會符合條件？」
「嗯——我沒辦法說得那麼明白，不過不會太久的，所以呢，在那之前妳只需安心享受現在的生活就好。哈哈！明治時代還真棒啊，和現代不同，充滿了大自然，空氣也很清新，大家都過得很優閒，是最適合滯留的時代了！」
竟然被說得好像事不關己，芽衣好不容易才忍住想要把對方踢飛的衝動，不過無論如何都得等回到現代之後再說，到時候再來報復也不遲。
「……或許查理先生你很中意這個時代，但我可不是，我是現代人，必須盡早回去才行。」
「這我當然知道。」
他用著沉穩——卻有些寂寞的笑容點頭。
「不過啊，既然機會難得，妳不覺得多加享受點會比較好嗎？或許妳來這個時代是有意義的哦。」
——意義？
芽衣歪著頭，不懂查理這麼說的真義何在。接著查理向後倒退走，緩慢地拉開和芽衣之間的距離。

「那麼，等妳心血來潮時，再來這裡看看吧！我時常在這附近閒晃呢。」

「等、等等，話還沒說完耶？」

「哎呀，還沒聊夠嗎？哈哈，真是開心耶，我是也很想要再跟妳多待一下啦，不過如果妳晚回去，會有人擔心妳的喔？」

被這麼一說，芽衣腦中浮現出了鷗外的臉。她本想要追著查理，最後卻不自覺駐足在原地。

「回家小心哦，芽衣，務必小心別被妖狐給蠱惑囉。」

「——咦？」

芽衣猛力抬頭。

然而，查理早已消失了蹤影。

他用宛如魔術的神乎其技煙消雲散，芽衣呆若木雞地環顧四周，無論在黑暗中多麼定睛凝視、呼喚多少次名字，也只有風聲空泛地回應她。

（什麼時候天色變得這麼暗了？）

剛才因為查理在而被排解的不安，又一點一滴蔓延回來了。

雖然她是不會要查理送她回鷗外的宅邸，不過早知道就請對方引導自己到公園的出口了，再怎麼神出鬼沒也要有個限度吧！芽衣要抱怨的事情又增加了一項。

（只是，還能見到查理先生是好事啦……）

回現代的準備究竟什麼時候才會完成呢？是一個月後還是一年後？到頭來也沒有得到明確的承諾。為了放心，芽衣還試探了他，到最後反而因為見到面而增加了多餘的不安。

不過總有一天一定能夠回到真正的家。芽衣強烈地如此說服自己，默默地尋找公園的出口。最先要解決的問題，就是平安無事回到鷗外的宅邸。

（啊……）

前進了一會之後，芽衣看見前方有個人影。

放下心來的芽衣抱著總算有人可以依靠的心情，向人影走去。

他——不，是她，陶醉地仰頭看著輕輕飄浮的紅色明月。在彷彿溶化於黑夜中的黑色振袖上垂著一條銀箔的腰帶，髮髻上則裝飾了珊瑚玉的髮簪。

帶著酩酊醉意般的纖細歌聲，隨風起舞。

那青柳的影子底下　究竟是何許人也
並非生人　而是朧月夜的　美妙〜虛影

芽衣之所以對於向對方搭話有些顧忌，並非只因為對方心情很好地唱著歌而已，而是空氣的質感突然間改變了。

芽衣感受到自己緩慢地傾斜身子，並出了聲。

「請問……」

於是，對方迅速別過頭。

彷彿石膏般的雪白肌膚、鮮豔的口紅色以及淚痣。那是一名給人深刻印象的美麗女性，和藹可親的笑容，稍微緩和了周遭不安的氣氛。

「妳有什麼事嗎？」

「那個，請問公園的出口在哪裡？我好像迷路了。」

「哎呀，真可憐呢。」

她莞爾一笑，露出純黑的前齒。

「那麼，要我告訴妳也行。相對地——」

「咦？」

那女人的脖子滑溜溜地伸長。

那似乎能夠無止盡延伸的脖子盤繞著，齜牙咧嘴的臉就這樣緊貼著芽衣的鼻頭，被染成全黑的牙齒發出喀噠喀噠的聲響，帶有些許溫度的氣息吹過芽衣的臉頰。

（這是怎麼回事？）

眼看就要吞食芽衣的大蛇頭部就在眼前，她只是呆愣地凝視著在嘴巴裡面拓展開來的空洞。

「相對地，可以讓我吃妳的肉嗎？」

「……」

「呀——！」

就在被細長舌頭舔了一下鼻子的瞬間。

芽衣尖叫，像被彈開似地飛奔逃離那個地方。

（那、那個究竟是什麼東西？）

芽衣只是一個勁兒地拚命跑著。由於腳上穿著不習慣的草鞋，她好幾度差點跌倒，不過她還是持續尖叫著，盡全力逃出那個廣場。

「啊哈哈，等等我呀，我在叫妳呢！」

「呀啊啊啊啊啊啊啊！」

「道成寺～鐘裡究竟是何許人也～並非生人，而是安珍與清姬，美妙～蛇的化身～」

清晰純粹的歌聲，在黑暗中迴響。到不久後終於抱著拚死決心逃出公園為止，那歌聲都在持續震動著芽衣的鼓膜。

勉強逃進人力車的芽衣努力將鷗外所說過的路線告訴車夫後，總算是抵達神田區小川町的鷗外宅邸。

她用連滾帶爬的氣勢衝進了玄關，即便心想回到這裡後就能夠安心，身體的顫抖卻無法停止，那不自然伸長的脖子的影像揮之不去。車夫看著芽衣不尋常的模樣，還在路途上輕率地大笑著說「哈哈！臉色鐵青，好像妳才是妖怪似的」，不過芽衣可一點都笑不出來。

（不可能會有妖怪的……不過，那究竟是怎麼回事？）

她的思緒跟不上現實。她非常渴望能夠順理成章將這一切解釋成是夢，不過這種冒汗到全身濕透的恐懼是千真萬確的。芽衣蹣跚地脫下滿是泥濘的草鞋和短襪，踏上玄關，馬上就聽到從陽光室傳來了猛力奔跑的腳步聲。

「芽衣！妳回來得可真晚啊！」

跑來的人是鷗外。

他的白襯衫外套著一件淡紫色的外衣，肩上則掛著有櫻花刺繡的短外褂，芽衣不自覺被這般與軍服完全不同的瀟灑裝扮給奪走目光。

「對不起，我回來晚……」

「真是的，竟然讓我擔心！如果妳發生了什麼事……」

「咦？」

肌膚的觸感。

芽衣的鼻子緊貼著絲綢的衣料，她花了好幾秒鐘，才意識到自己正被緊緊抱著。鷗外這太過突發的舉動，使原本左右著芽衣的恐懼瞬間煙消雲散。

「如果妳發生了什麼事，妳說我以後該怎麼活下去？」

「哎呀，林太郎先生！這實在太下流了！」

接著一名身穿高級條紋和服的中年女性從陽光室快步跑來。似乎是在後方追著一般，連慌張的富美也出現了。

話說回來，鷗外好像說過有客人要來。這暫且不管，這謎之擁抱究竟是怎麼回事？再怎麼想，這都不是應該在客人面前展現的行為。

「這有什麼好下流的，這可是西方的打招呼方式啊，叔母。」

鷗外若無其事地說了。

「再說，她是我的未婚妻，擁抱即將成為我妻子的人有什麼不對嗎？」

「竟然擅自決定！你究竟把森家長子的地位當成什麼了！竟然要娶這種來路不明的小姑娘……肩負責任的一家之主不應該被一時的欲望給牽著鼻子走！」

「把我誤解成是被牽著鼻子走可真是讓人覺得遺憾啊，叔母，這就是在我考量到自己身為森家人之後的結論，對我而言，可沒有比她更適合森家的女性了。」

「所以說，那就是欲望……！」

對於鷗外若無其事的模樣，被稱為叔母的女性已經憤怒到極點。

在那之後又持續了好一陣子沒有結論的對話，對方似乎認定再這樣下去不會有結果，便赤紅著臉離開了宅邸。

「哎呀，我這麼唐突真是不好意思。」

「哦……」

回到陽光室之後，鷗外咚咚咚地搥著自己的肩膀，坐到沙發上。

他嘴上說著不好意思，表情看起來卻不覺得有多抱歉，動搖的人只有芽衣，最重要的本人則一臉難以捉摸的表情。芽衣心想這種態度差還真不合邏輯，並把身子埋進了沙發裡頭。

不曉得是否聽見了騷動，春草也從二樓下來了。

「剛才的騷動是怎麼回事？」

「啊啊，我叔母來啦，好像是不知道從何處聽到我昨天晚上在鹿鳴館聲明我有未婚妻的事。真是的，我實在對這些女士們的情報傳達能力讚嘆弗如啊。」

「未婚妻？」

春草歪著頭，坐在芽衣身旁。

「沒錯，她就是我的結婚對象。」

鷗外認真且斷然地表示，接著馬上聳聳肩。

「……事情變成這樣啦，就現階段而言。」

不不不！芽衣微微搖頭，向前探出身子。

「不過，那該說是應付應付嗎……總之只是為了幫助我的謊言吧？所以只要否認不就行了……」

「事情可沒有那麼簡單哦，小松鼠。」

鷗外蹺起腳，深深嘆了一口氣，冷靜的眼眸中透出一絲哀愁。

「事實上從以前就一直會有人來向我提親呢。我晉升到軍醫總監之位也是親戚們的宿願，所有人都為了獲得名門的後盾而同心協力啊。」

提親、軍醫總監、後盾，誇張的單字不斷出現，芽衣只是拚了命眨眼。

「我遲早要和親戚所選擇的良家婦女結婚的。這是無所謂啦，不過我這邊也得有所準備才行，我還要統整我的研究論文，也才剛開始著手處理翻譯和小說的工作，再說我也想要出國去巴黎增廣見聞。可以的話，我希望在這些告一段落之後再結婚，這是我的真心話。」

芽衣理解地點頭。

簡單來說，就是「想要再歌頌一陣子無拘無束的單身生活」吧。

「……所以，就先讓我假裝成是結婚對象，打算爭取時間的意思？」

「哈哈！真是有洞察力的小姑娘，這麼快就達成共識，實在幫大忙了。」

芽衣無言以對。對方覺得幫了大忙，自己這邊可是很困擾。

「如此這般，現在就暫且請妳當成是這樣吧！也不會造成什麼多大的困擾，或許妳偶爾會聽見旁人的閒言閒語，不過妳就當成烏鴉在叫，聽過去就算了吧。」

「鷗外先生，雖然這不是我該插嘴的事情，不過這樣是不是有點做事不乾脆啊？」

一直沉默不語的春草講出了他直白的感想。

「偉大的人物竟然拖延這種麻煩事，好像有點……」

「啊啊！糟糕！我忘記重要的事了！」

像是要消去春草所說的話一般，鷗外猛力地站了起來，使芽衣和春草嚇了一跳，仰頭看著他。

「我們不是還沒舉辦芽衣的歡迎會嗎！」

（歡迎會？）

明明才剛請完牛鍋，突然間又在說什麼啊？

結果轉瞬間鷗外就走向廚房，在盤子上放了某種東西後又回來了。

是盛了白米的碗、茶壺，以及饅頭。

「現在呢，我想要款待你們我所喜歡的食物。我馬上料理，等我一下啊。」

為什麼饅頭需要料理呢？在疑惑的芽衣面前，鷗外把饅頭分成了四塊，將一片放到白飯上之後，不知道他在想什麼，竟然將煎茶從饅頭上淋了下去。

「你你你在做什麼啊，鷗外先生！」

芽衣不自覺叫出聲。

「饅頭都發脹了，這樣可不行呀！竟然像在吃茶泡飯那樣把茶淋下去！」

「哈哈！沒錯，這就是饅頭茶泡飯！」

——饅頭茶泡飯。

對於這初次聽見的菜色，芽衣無法掩蓋住自己的困惑。

「那個……這在明治時代是主食嗎？」

「妳在說什麼不知所云的話啊，快點吃吧，這是妳的歡迎會。」

春草盡可能不想要讓碗進到自己的視線當中，把筷子推給芽衣。

看來他曾有被強迫吃這種食物的經驗。光看他退避三舍的態度，就可以知道這食物不是一般。

「來，別客氣，盡量享用吧！這是饅頭最美味的吃法哦。」

「……」

饅頭餡溶在煎茶的綠色當中，呈現出不合時節的學校游泳池顏色，已經泡脹的饅頭皮浮在上頭，成了外觀相當混濁的一道料理。

（饅頭直接吃不是最好吃的嗎……）

芽衣想著，若無其事地把筷子遞給春草。

「幹嘛？為什麼要把筷子給我？」

「因為鷗外先生說了春草先生也不用客氣呀。」

「我在很久以前就已經接受過洗禮了，這次換妳了。」

「可是啊，在這種時間吃甜食會發胖的。」

「啥？剛剛才吃了那麼多牛肉，真虧妳說得出……」

「好啦，春草。」

鷗外笑容滿面，飛快地遞出了一大碗。

那盛得像山一樣高的白飯與剩下的三片饅頭正在綠色的海中漂浮，簡直就像是饅頭茶泡飯的「特大號」。

「你是日本男兒，這點份量應該很快就能吃完吧？你可是背負著明日畫壇的人物，得好好補充營養才行呢。」

「咿……！」

「哎呀，春草，你怎麼啦？哈哈！該不會是因為畫圖畫太久手痛了，拿不起筷子吧？既然如此，就由我來親手餵你吃吧。」

這理解方式實在太出乎意料了。鷗外拿著碗和筷子探出了身，那天真無邪且充滿慈悲的笑容中，蘊含著真切的善意。

「來，盡情享用。啊——」

「唔、唔啊啊啊啊啊！」

春草的悲鳴在夜晚的寂靜中迴響。不久後碗裡的內容物空了，芽衣也早已忘卻在日比谷公園遭遇的詭異事件。

第四章　在神樂坂的千金修行

「——妳昨天還真是擺了我一道啊。」

隔天一下樓，春草就跳過道早安的招呼語，丟出了怨言。

「搞到最後我竟然被硬塞了兩碗饅頭茶泡飯，我的胃可是在大翻騰耶。多虧了妳，我昨天晚上的作業一點進展也沒有，哎呀，這是誰害的呢？」

「這、這個嘛……」

芽衣馬上瞥開視線，看著陽光室的窗外。

天空相當晴朗，可以聽見小鳥們惹人憐愛的鳴叫聲。庭園中的紅花綠葉之所以看起來格外鮮豔，或許是因為沒有廢氣汙染空氣吧。芽衣試著用社會性的觀點來看待事物，卻無法不意識到春草散發出的無言壓力。

「對不起！讓你成為了我的犧牲品。」

「可以請妳不要用好像是我主動犧牲的說法嗎？不過算了，至少妳有覺得愧疚。」

「是、是的，那當然。」

芽衣幾度頷首，於是春草好像在等她說這句話一樣，從沙發上站了起來。

「那……妳要怎麼展現誠意呢？」

他說出了類似小混混的經典發言，芽衣愣了下，歪歪頭。

「咦……你果然在生氣嗎？」

「沒有生氣哦。」

他的聲音聽起來鐵定在生氣。

「我只是在想妳要怎麼補償我而已……對了，就拜託妳當繪畫模特兒吧。」

「模特兒？」

芽衣反射性地向後退。

「不、不行啦！我的身材一點也不好！我很在意我肚子上的肥肉，那個、那真的不是能夠見人的……」

「妳在說什麼？」

對方冷淡地問。

「啊啊……妳該不會誤會成是裸體畫了吧？是這樣對吧？」

裸體畫，也就是裸模。貼在牆壁上的芽衣點頭，春草則是罕見地笑了出來。雖說笑了，但也不是那種天真的笑容，而是類似冷笑。

「咦？不對嗎？」

「也行啊，裸體畫。」

春草在端正的面容上浮起一抹冷酷的微笑，慢慢接近芽衣。

「竟然會產生這樣的誤會，看來妳對自己的身體很有自信吧？所以我才說，這樣也行啊。」

他馬上變回面無表情，像在評鑑一般從頭頂開始審視到腳趾頭，對於這極為露骨的視線，芽衣瞬間脹紅了臉。

「那、那個，這件事情還是有點……」

「哦，做不到啊？那妳要怎麼補償我？來，說說看啊。」

春草把手撐在牆壁上，將臉貼近到能夠感受到鼻息的距離，等著芽衣的回應。

「來，快點。」

「……」

心臟的鼓動變得越來越激烈。一想到春草鐵定也聽見了這聲音，芽衣就覺得更加羞恥，抿住了嘴唇，這坐立難安的感覺讓她瑟縮了身子。

「——喂，春草。」

不知不覺，身穿和服的鷗外正靠在門上看著他們。

「真是的，你這樣會讓我可愛的客人感到相當困擾哦。」

「我才沒有讓她困擾，只是在拜託模特兒的事。」

「哦，模特兒啊？那麼，就必須提出更進一步的忠告了。要是忘記對繪畫對象的謙卑與敬畏之情，只會剩下怠惰與自負哦。」

鷗外走向春草拍了拍他的肩。

「總之你得多加選擇一下措辭。身為借住在此的前輩，對後輩應該再多展現一些親切的態度，懂嗎？」

「……是。」

雖然春草看起來勉勉強強的樣子，不過卻意外地坦率點點頭，走出了陽光室。鷗外目送著他離去的背影，長嘆一口氣。

「哎呀哎呀，春草這傢伙今天早上心情特別不好呢，這就是所謂的反抗期嗎？」

這口吻簡直像個父親。

「與其說是反抗期，我想應該是昨天的饅頭茶泡飯造成的……」

「妳說什麼？」

「啊、不，沒什麼，是我不好。」

芽衣馬上更正。

（春草先生雖然對我很冷淡，對鷗外先生卻意外地坦率呢。）

兩人乍看之下沒什麼顯著的關係，不過芽衣認為，至少春草對鷗外是有尊敬之情的，他還願意聽鷗外的話。

「真抱歉啊，那個男人對其他人總是不坦率呢，明明就是個才華洋溢的優秀年輕人啊……話說回來，芽衣，雖然話題變得有點快，妳能不能現在就把我帶離這座宅邸呢？」

鷗外突然說出了奇妙的話。

「咦？我嗎？」

「沒錯，就是妳，我希望妳能像從凱普萊特家的陽臺把茱麗葉擄走的羅密歐，讓我從這個家的束縛中解放。可以的話，盡快！」

對於這好似被囚禁公主的發言，芽衣微微歪頭。

「……我想羅密歐並沒有擄走茱麗葉哦？」

講到羅密歐與茱麗葉，這是在陽臺上的知名場景。「噢，羅密歐，羅密歐，為什麼你會是羅密歐呢？」。芽衣只知道大概的劇情，不過這個場面確實只是兩者互相表達愛意而已，並沒有把茱麗葉給擄走。

於是鷗外的眼神忽然閃閃發亮。

「哦？原來妳精通莎士比亞嗎？」

「不，也沒到精通啦，只是湊巧知道而已。」

「哈哈！妳這小姑娘還真讓人摸不透啊。我在留學期間，才第一次看莎士比亞的舞臺作品呢……O Romeo, Romeo, Wherefore art thou Romeo?（啊，羅密歐，羅密歐，你為什麼是羅密歐？）我想這是一句會留名後世的名臺詞哦。」

「嗯？哦哦，當然，羅密歐和茱麗葉在現代也是很有名……」

說到一半，芽衣慌慌張張地把話吞回去。

這個時代不僅沒有電視和電影，連義務教育的概念也沒有。如果在現代，莎士比亞會被歸類於一般常識，不過看來這時代並非如此。

根據相當熟悉明治生活的富美所言，要是以為所有的孩子都能受到正規教育那可就大錯特錯，無法充分念書就被抓去為國家效勞的案例絕非少數，甚至還有很多人認為女性如果頭腦太好會被男性敬而遠之，錯過適婚年齡。

「哎呀，不過感覺我和妳能在意想不到的領域聊得很起勁呢，我還真是撿到了個好東西啊。」

鷗外滿足地點點頭。

講是東西實在有點失禮，不過看來他對於芽衣充滿教養一事感到相當開心，至少沒有要遠離她的意思。

（話說回來，看了我的制服打扮後沒有皺眉的，就只有鷗外先生了。）

別說是皺眉了，印象中對方甚至還佩服地說「這是多麼合乎常理的打扮」之類的。

在明治之世，像他一樣如此圓滑看待事物的人，或許是非常珍貴的存在吧。

載著芽衣和鷗外的人力車從神田過了萬世橋，經過湯島，不久後抵達了繁華的街道。

商店林立的街上掛著寫了「元祖活惚」[6]、「娘浪花舞」[7]、「江川大一座」[8]等等的旗幟，劇院和攤販的攬客聲此起彼落。前來遊覽的男女老少在遠處的對側推擠著，原來那兒聳立著一棟十二層樓的建築物，像燈塔一樣，芽衣瞠目結舌地看著這副光景。

「哦，妳是第一次來淺草嗎？那棟建築物是凌雲閣哦。來！」

久違看見高聳建築，使芽衣不自覺身子向後仰，鷗外撐著芽衣的背，親切地說明。

「沒有其他建築像那棟這麼高了，從最高樓仰望東京的街景更是美麗。不過要爬上十二樓有點困難呢，以前有電動式升降臺可以輕鬆上去，只是好像在安全性上有點問題，現在就停止使用了。」

電動式升降臺。從單字的詞意來看，應該指的是電梯吧。

（明治時代就有電梯了啊……確實要搭的話，是有點不放心呢……）

在藍天之下，用紅磚建造而成的塔就這樣孤零零地聳立著。抬頭仰望這座不可能保留到現代的建築，芽衣突然間湧出自己身處於明治時代的實感——她強烈體會到這並不是夢而是現實。

（……我真的能夠回到現代嗎？）

這裡毫無疑問就是淺草，卻和自己所知的淺草不同。

這個事實太過苦悶，芽衣的話不自覺變少了，於是鷗外搭上了芽衣的肩。

「哈哈！原來如此啊，肚子餓了就早說嘛。」

「呃？」

她可是一句話也沒說，鷗外卻擅自露出一副自己說中了的表情。

「當女士露出不開心的表情時，要不就是餓了，要不就是穿著花樣不喜歡的和服，這可是公認的事實。」

6. 幕末到民治時期流行的民謠舞蹈。
7. 各個歌唱、舞蹈流派宗家集合旗下藝伎所舉辦的演出。
8. 藝能、歌舞伎等表演團體。

「我是很喜歡這件和服啦。」

「那麼果然是前者啦，不過現在要吃中飯好像有點早……啊啊，對了！先吃個今川燒墊墊肚子吧，妳喜歡甜食吧？」

「是、是的，我喜歡，不過……」

芽衣膽戰心驚地想著該不會對方又會端出茶泡點心，不過鷗外很正常地在攤販買了今川燒，並正常地遞給芽衣，芽衣默默鬆了一口氣。

「雖然我是很想說請妳盡情吃啦，不過等等就要吃午飯了，就先吃一個吧。」

「謝謝。」

自己究竟被當成怎樣的貪吃鬼啦？芽衣道謝著，大口吃下今川燒。

鬆軟香脆的外皮和熱呼呼的紅豆內餡，那樸實的口感就是芽衣所知道的今川燒，外觀、口味和現代沒有什麼不同，這點讓她很驚訝。

「……非常好吃，今川燒從以前開始就一直是同樣的味道呢。」

芽衣感慨地咕噥，鷗外卻「哈哈哈」地大笑出聲。

「妳總是說些讓人感到愉悅的話耶，妳活的歲數還沒有長到要讓妳緬懷過去吧？」

「不、不是這個意思啦，該怎麼說才好呢……」

「妳知道嗎？這個用小麥粉做的甜食是因為在神田的今川橋附近販售，才會被叫做今川燒。今川橋離我的宅邸很近，如果妳還想吃，我隨時都能買給妳吃，十個、二十個都行。」

鷗外輕輕地拍了她的頭，看來她真被當成厲害的貪吃鬼了。

「再怎麼說，我也吃不了那麼多的。」

「妳還很年輕，這點量應該沒問題啦，還可以做成茶泡點心呢。」

「不、不用！這樣就行！要吃茶泡的，果然還是饅頭最美味！」

芽衣慌慌張張打斷鷗外，對方則露出滿足的微笑表示「嗯哼，果然是這樣沒錯」。

「不過啊，饅頭和茶泡飯很搭這點就不必說了，把烤年糕浸泡在醬油裡也很棒呢！還有用砂糖將杏實煮得甘甜，盛在剛煮好的白米飯上也很棒……」

「……」

看來鷗外的獨創食譜可不只一項。

（鷗外先生果然有點奇怪呢……）

那獨特的感性也好，不像明治日本男兒的隨和生活觀念也罷，總之他很奇怪。借春草的話來說，就是「鷗外先生太自由」了吧。

他曾說過有留學經驗，或許是因為在海外的生活培養了他更加廣闊的視野……不過仔細想想，在不像現代一樣海外旅行是如此貼近生活的這個時代，竟然能夠留學，這難道不是非常特殊的案例？

「芽衣。」

鷗外在人群之中別過頭。

「要是走散就糟了，挽著我的手吧。」

咦？芽衣驚訝地站住，對於這太過自然的紳士表現，她疑惑著不知道如何應對。

「沒、沒問題的，不會走散的，我可以一個人走！」

「這可真讓人欣慰啊，不過希望妳能在此聽我一言，我可是很擔心妳的。」

「……擔心？」

「是的沒錯，怎麼會有男人不擔心未婚妻的安全呢？」

不，那個可是……芽衣話說到一半。未婚妻什麼的不過只是場「遊戲」，倒不如說，鷗外是認真把芽衣當成未婚妻的代替品嗎？

（我還以為他只是在那個場合下隨便應付說說而已……）

於是鷗外握住芽衣困惑的手，讓她挽住自己的手臂。

微微的香氣，伴隨著甜甜的香菸味，芽衣隔著和服感受到鷗外那可靠的手臂，心臟猛然跳動了一下。

「我會負起責任確保妳的人身安全，還請妳注意別一個人不知道閒晃到哪裡去了，懂嗎？」

芽衣輕輕點頭，鷗外露出沉穩的眼神，摸了摸芽衣的頭。那溫柔的手勢，彷彿在摸與自己年齡有很大差距的妹妹而非未婚妻，說著「好乖好乖，我喜歡坦誠的孩子」。

鷗外表示講到東京最熱鬧的地方，可不是新宿、澀谷或是池袋，而是這裡——淺草。

在被劃分成七個區域的這片土地上，最熱鬧的即是被允許進行表演和經營餐飲店的六區了。劇場、馬戲團，這些感覺不太正當的店面渾然一體，光只是走在街上，就會知道氣氛相當高漲。這裡和鹿鳴館坐落的日比谷附近那冷靜的街道完全相反，散發出廟會般雜亂的氣氛。

面對看到什麼都覺得很新奇的芽衣，鷗外像是觀光導遊一般仔細介紹街景。雜耍踩球、滑稽舞蹈、噴水雜技和小劇場等，芽衣豪不吝嗇地對這些優秀技藝鼓掌，時而捧腹大笑，充分享受在淺草的時光，簡直忘記了時間。

「那麼時間有點晚了，差不多該吃午餐了吧？難得來這裡了，我們就再走遠一點到上野，吃頓西洋料理吧！」

「上野嗎？」

「沒錯，我在築地常吃的店家有分店，名為上野精養軒，會有許多牛排、炸肉排等小松鼠應該會喜歡的料理哦。」

牛排、炸肉排，沒有女孩子不會因這些字眼而內心鼓動。芽衣不自覺快走起來，想要趕快通過這條繁華大街，一間聳立的大劇場卻在此時突然闖進了她的視野。

在掛著招牌「常盤座」的那座劇場前面，林立著用鮮豔色彩繪製的人物畫像，女學生們指著那些畫像，發出喧鬧的聲音。

「鷗外先生，那是什麼？那個像浮世繪一樣的……」

「這不是像浮世繪，這就是浮世繪，又稱為錦繪。」

鷗外停下腳步，用微笑似的神情看著芽衣。

「這是在繪製人氣演員的似顏繪後，像這樣陳列出來販售。妳也有喜歡的演員嗎？」

「不，不是這樣的，我只是覺得有點稀奇。」

對這個時代的人而言這應該沒什麼稀奇的，不過對芽衣來說，這反而很新鮮。原來在照片普及之前，藝人的粉絲們不會買「官方照片」，而是「錦繪」。

「我聽說那位名為川上音二郎的演員最近特別受歡迎，除了男角以外，他飾演女角也可以發揮絕世稀有的美貌。哈哈！看來她們的目標果然是他呢。」

川上音二郎，這名字好像在哪裡聽過。

在為了回想起來而小聲囁嚅的芽衣面前，女學生們相繼購買那名演員的錦繪。芽衣側眼看著她們，一面遠離六區的嘈雜聲，往西方前進了一會兒後，她看見了一座大公園。

那些長滿青綠茂密樹葉的樹木，應該是櫻花吧。不難想像到了春天，此地會成為美麗的賞櫻地點而熱鬧非凡。

鷗外說這裡是上野恩賜公園。

「瞧，妳有看見不忍池河畔邊的洋房吧？那就是上野精養軒。」

「哇啊……」

在蓮花搖曳的池畔邊，一棟雅致且風雅的洋房就佇立在那裡。

有一棟像是高級料亭的建築物也坐落在同一排上，人力車與馬車整齊地排成一列，恐怕他們正在等著接送來用餐的主人回家吧。

明明離淺草沒有很遠，卻只有這一帶散發出相當高級的氛圍，芽衣一下子就退縮了。

「那個，鷗外先生，我……果然很格格不入。」

「格格不入？為什麼？」

「咦……因為，有些人是穿著洋裝來的耶？而且你看，還有外國人。」

「哈哈！在他們看來，我們才是外國人呢。」

鷗外一派輕鬆地說。

「別在意這種事了，這裡只是間食堂，也不會出現蛇女或無臉男的，放心吧！」

——蛇女？

在日比谷公園遇到的長脖子女妖，一下子竄進了她的腦中。

硬是塵封起來的記憶斷片朦朧地重現，芽衣不自覺停下腳步。

「芽衣？妳沒事吧？」

芽衣猛力抬頭，她似乎心不在焉了一瞬間，鷗外一臉不可思議地微微瞇眼注視著她。

「我、我沒事，我只是有點緊張，暈了一下而已。」

「像這種時候就別客氣了，抓住我就好啦，妳以為我是為了什麼才在妳身邊的呢？」

能夠如此乾脆說出這種話的人，就是鷗外了。

鷗外半強迫地護送依舊遲疑而放慢腳步的芽衣走進正門玄關，接著一名穿著燕尾服，看起來是服務生的男性走來，恭敬地向鷗外敬禮。

「這位不是森大人嗎？非常感謝您總是關照我們的店。」

「嗯，今天我帶了要人來，能否請你幫我傳達給料理長，務必端出出色的上等牛肉料理呢？」

「我明白了，那麼這邊請，我幫您準備了可以一覽不忍池的二樓座位。」

芽衣被催促著進入餐館內，鷗外則是用著很熟悉一切的腳步走在木頭地板上。懸吊在高聳天花板上的吊燈光線照亮了漆成白色的牆，彷彿小型鹿鳴館別具風情的內部構造給人滿滿的開放感。

爬上厚重的樓梯後，兩人被帶到樓層廣闊的窗邊座位。接著一名坐在位子上的外國男人突然站了起來，說了句「林太郎？」，向鷗外搭話。

「Guten Tag.」（美好的一天）

「Schoen, Sie wieder zu sehen.」（很高興再次見到你）

面對對方流暢的外文，鷗外也用流暢的外文回應。芽衣呆然地看著親暱說話的兩人，當然她一丁點也沒聽懂對話的內容。

交談了一會兒之後，鷗外回到座位。

「抱歉讓妳久等啦，他是從德國來的客人，今天正巧來上野附近觀光，好像是想要一邊瞭望位於池畔的上野大佛一邊用餐的樣子。」

「……鷗外先生會說德文啊？」

芽衣問著，他一面翻開菜單回應。

「是啊，醫學校的教官是德國人呢，為了接受入學考試，一定得學會德文啊。」

「這樣啊……還真厲害耶，竟然會德文。」

「也沒有這回事啦，我個人的見解是，以日本人的耳朵而言，德文比英文還容易聽得懂，只要習慣了，很快就能學會。話說回來小松鼠，妳要喝雪利嗎？」

「雪利？」

「嗯，餐前酒。」

芽衣搖搖頭，未成年可不能堂堂正正在公共場合飲酒的。

「那我也不喝了吧！其實我不太能喝酒的，也不能一個人喝得酩酊大醉，醜態畢露呢。」

「我完全無法想像鷗外先生醜態畢露。」

芽衣真的這麼想。既是軍人官僚，又是醫生、文學家，他總是散發出一股超然的氛圍，無論是在家裡、淺草還是這般豪華的餐廳裡，他的風格都沒有改變，並經常以個人的步調面對所有人。

「哎呀，這該怎麼說呢？老實說，我也不知道我喝多了會變成怎麼樣，可能會大笑或大哭，或是到處追求他人呢。」

鷗外說著，把菜單給蓋起來。

「對了，現在試試應該也無妨吧？」

「咦？」

「假使我真的會到處追求他人好了，只要追求的是未婚妻，就沒問題了吧？」

「……咦？」

鷗外用天真無邪的口吻。

然而那好像要把人給射穿的眼神，卻緊緊吸住了芽衣的目光。

兩人沐浴在從窗戶透進來的日光之中，持續了一會兒的寂靜。花瓶的影子鮮明地落在白色桌巾上，那薄唇上浮起的微笑，簡直像是在享受芽衣困惑的反應。

「不、不行啦！不能試的！」

她終於出了聲，鷗外慵懶地把頭髮撥到肩上。

「嗯哼，為什麼？」

「我沒有照顧過喝醉的人啦！這種事情請拜託春草先生！」

「這我可很難贊成啊，追求春草一點也不有趣。」

「不不，不是那個問題啦……」

「——哎呀，這位不是林太郎先生嗎？」

芽衣猛然抬起頭，有兩名女性不知從什麼時候開始就站在了桌邊。

是穿著高雅白茶色和服的中年女性，以及身著芥末黃和服的年輕女性，兩人的長相有些相似，可能是母女。應該是女兒的女人頭上仔細編著豔麗且豐厚的黑色秀髮，瞥了芽衣一眼後，不知為何微微地皺了眉頭，嘴唇緊閉。

「哦哦，有馬小姐，真是好久不見了。」

「是啊，自從在千住的詩會之後就沒見過了吧？我們家女兒一直在焦急等待著林太郎先生的邀請呢，連一封信也沒有捎來，最近感到相當心煩意亂……」

像母親的女性話說完後，將視線飄移到芽衣身上。

從頭到腳徹底打量過芽衣之後，那名女性泛起了一抹笑，再度看向鷗外。

「這邊這位小姐是？啊啊，是您的妹妹喜美子小姐對吧？」

「不，這位是我的未婚妻。」

鷗外毫不猶豫地回答。倒不如說他擺出一臉「真開心妳們問了這個問題」的滿足表情，芽衣真想馬上躲到桌子底下。

「那、那麼……您已訂下婚約的傳聞是真的嗎？」

兩名女人的眉頭皺得更緊了，然而鷗外對此卻一點也沒有抗拒的樣子。

「哈哈哈！原來這件事已經引起眾女士們的注意啦？沒錯，這個傳聞是真的，我早就決定好等她從國外回來之後就要舉辦婚禮！」

「鷗、鷗外先生……！」

對於這般強烈的如坐針氈感，芽衣相當惶恐。兩名女人的視線如針一般銳利，芽衣連揚起一抹虛偽的微笑都做不到，只是低下了頭。

（……怎麼辦？我一定被當成來歷不明的女人了吧。）

正如同芽衣所預想的那樣，母親小小聲地乾咳後，說道：

「失禮了，請問是哪個門第家的千金呢？既然是森家母親所認可的，當然是比我們華族末家家世還要好的對吧……」

「並不是哪家門第的，家世倒是其次。」

「什麼！那麼，您打算和庶民結婚嗎？」

「我並不在意她的家世，而是和她的靈魂相互吸引，我對於像買漂亮玩具一般的結婚毫無興趣。」

鷗外說得斬釘截鐵，兩人的眉頭皺得更扭曲了。她們用著無法接受的表情互看對方，最後只是猛力瞥了芽衣一眼，安靜離去。

「我們回來啦！」

到了傍晚，兩人回到了鷗外的宅邸，春草正在陽光室看報紙。他應該才剛從美術學校回來沒多久，身上還穿著制服。

「歡迎回……」

「嗯哼，沒錯哦春草，我和小松鼠約會回來了！哈哈哈！羨慕吧？」

明明也沒有人問，鷗外就已經驕傲地報告。對此春草面無表情地「哦」了一聲附和，視線回到了報紙上，看來打從心底無所謂的樣子。

「啊啊，對了，午餐的時候如果也有邀春草就好啦。從東京美術學校到上野精養軒明明近在咫尺，我還真徹底忘啦，好想也讓你享受那燉牛肉令人心神蕩漾的滋味啊。」

「不，我無所謂的。」

「哎呀，為什麼？你並沒有不喜歡吃牛肉料理啊？」

「我不是很清楚正式的西餐禮儀，我不想要在那麼奢華的店裡讓鷗外先生丟臉。」

這句話使芽衣相當震驚。

雖說她平常就過著用刀叉的生活，然而說到底，那能稱之為正式的西餐禮儀嗎？她絲毫沒想過可能會讓鷗外丟臉。

「真是的，你這男人也太一本正經了吧！無論你用什麼吃法，我都不覺得丟臉哦。再說要是害怕失敗而錯失機會可就本末倒置了，你會親手摘下能有所成長的幼苗啊。」

沒錯，如果是鷗外，應該不會厭惡丟臉這件事吧。不在意周遭目光，一直用個人步調在行動的他，鐵定不會苛責春草或芽衣的失敗，而是用溫暖的眼神守護著他們。接著他會像前輩一樣指引正確的道路，一同為了兩人的成長而喜悅。

（然而，我卻……）

芽衣回想起在上野精養軒遇到的年輕女性。

根據鷗外所言，她是和華族有著深遠關係的名家千金。明明年齡和芽衣沒什麼差別，卻凜然地穿著感覺很昂貴的和服，說話時絕對不會大大地張開嘴，當然也不會跨大步走路。她自然而然掌握了端莊的舉止，一眼就可以知道她的教養良好。

（本來鷗外先生應該會和那樣的人訂下婚約才對的。）

就算說是什麼華族、士族、名家，過去的芽衣也無法確實理解，不過在親眼看過之後，就被用力地當頭棒喝，更是對看輕「暫時的未婚妻」這個身分的自己感到相當羞恥。

「喂，妳可以不要站著睡著嗎？很礙事耶。」

芽衣回過神來。眼前的春草交叉手腕，狐疑地看著芽衣，而陽光室裡早已沒了鷗外的身影。

「咦？鷗外先生呢？」

「差不多到行水[9]的時間了，他回房了哦。」

行水？芽衣歪著頭，也就是說，已經到洗澡的時間了嗎？

「對了，春草先生，那個……關於今天早上模特兒的事。」

9. 以前的人洗澡時會將水放在水盆後再沖洗身體。

「……啥？」

「就是啊，你、你不是說想要畫裸體畫嗎？在那之後我想了很多，如果不是全裸，只是穿著泳衣的話還可以啦……泳衣不行嗎？我想以日本畫來說，這題材相當新穎的。」

「妳是白癡嗎？」

瞬間就被拒絕了。

「我還以為妳突然間想說什麼呢，那鐵定是開玩笑的啊。」

咦？芽衣退了幾步，她完全沒料到春草會開玩笑。

「在我看來，我覺得你很認真呀，畢竟春草先生感覺真的很生氣嘛。」

「那，妳想脫的話就脫啊。妳啊，無論丟給妳怎麼樣的難題，感覺上妳都有股魄力能夠出乎意料地順利解決呢。做為獎勵，也只要請妳吃頓牛鍋就好。」

這是在誇獎嗎？這種個性的描述方式感覺很微妙。

「我先說，我沒在誇妳。」

春草馬上叮囑，接著打算離開陽光室，芽衣瞬間緊緊抓住春草的手腕，把他留住。

「等等！我有件事情想問！」

「啥？」

「我、那個……」

芽衣思忖了下，開口。

「……我想知道，在春草先生的眼裡看來，站在鷗外先生旁邊的我是怎麼樣的。看起來像是未婚妻嗎？」

「啥啊，看起來鐵定不像啊。」

春草用鼻子輕笑，這個老實的感想甚至讓他心情舒暢起來。

「妳該不會覺得自己和鷗外先生很相配吧？」

「不，我怎麼可能……」

「以史上最年輕的年紀從醫學院畢業，靠公費到德國留學，同時做為陸軍省的官員被賦予眾望，我想妳應該不會認為自己和這樣的鷗外先生很相配吧？不然妳可真是厚顏無恥到無可救藥了。」

芽衣猛力搖頭，她從沒想過很相配這種事，也沒有搞不清楚狀況到這種地步。

「但是，我也不是因為喜歡才當代理未婚妻的……」

「哦？那麼，妳是覺得鷗外先生很任性妄為嗎？因為想要盡情過著單身生活，便利用了湊巧在身邊的妳，是個很自私的人？」

芽衣再度搖頭，但是她無法完全否認。只是「代理」，那這個人不是自己也行啊？這想法無法抹去，正是芽衣的真心話。

於是春草雙手環胸，吐了口氣。

「……鷗外先生不是個不看結果就行動的人，他讓妳充當暫時的婚約者，怎麼想都是為了妳。」

「咦？」

「話說，妳不是差點就被警察給逮捕了嗎？不過無論妳再怎麼可疑，只要身為陸軍一等軍醫的鷗外先生堅持說妳是婚約者，對方也就無法貿然出手了。他大概是下定了決心，只要妳在這棟宅邸裡的一天，就要像這樣保護妳吧？」

——保護？

芽衣不斷眨眼。

的確，她在鹿鳴館時受到了鷗外的幫助，不過那只是一個單純的契機，並順勢讓她借住在此而已，她和春草相同，不過就是個借宿者罷了。

「確實，想要把妳這種有隱情的人安置在宅邸，必須要有相當正當的理由。要是明白的話，就努力披上婚約者的皮吧，就算只是臨陣磨槍，總有辦法應付當下的狀況吧。」

「臨陣磨槍……嗎？」

「沒錯，畢竟這種生活又不會持續一輩子……我剛才也說了，妳給人的氣魄，便是無論丟給妳多困難的課題，妳也會出乎意料地想辦法解決。」

咦？芽衣反問。她確實很想知道這句聽起來不像鼓勵之語的背後真意，然而春草只是聳聳肩，迅速揮開芽衣的手，回到自己的房間。

身著絳紫色袴的女學生們，走過紅磚鋪成的道路。

現在年輕女孩子們似乎正流行名為辮子束髮的編髮，報紙的女士專欄上還寫著倘若再配上牡丹的髮飾就會走在流行的最尖端，於是相似風格的女性們開始往來於銀座的街道。

芽衣觀察著這些女性們，就這樣過了一個小時。

講到正牌千金聚集的貴婦之地，自古以來鐵定都是銀座這個地方。那天芽衣結束了午餐的協助工作以後，為了觀察街上的千金小姐們，就這樣一個人斷然地跑到銀座來。

（……說是臨陣磨槍，我還是搞不太清楚啊，春草先生。）

她瞪大眼睛，認真觀察著富家小姐們的舉手投足，卻不曉得自己要如何學會她們的舉止。如果只是單純不要走路發出聲音、不要張大嘴巴吃飯的這種程度倒是還能模仿，然而這只不過是個「有禮貌的人」而已，和芽衣所想像的千金形象似乎有點不同。

「豆腐、油炸豆腐！」

「可不需要～解毒劑啊～」

一面叫賣或唱歌的行腳商人與人力車在自己眼前來來去去，為了避免塵埃飛舞的灑水車則是在路上留下了水漬。

這條西洋建築林立的紅磚街道雖然充滿朝氣，但絕對稱不上嘈雜。擺列在手錶店和衣服店中的商品每個看起來都很高級，單手拿著拐杖、留著鬍鬚的西服男性戴著圓框眼鏡享受購物的樂趣，這種光景彷彿電影的世界。不，與其說是電影，誤闖異國的感覺更加強烈，好似身處於和日本極為相像的外國。

在充滿異國風情的景象中，有名極為引人注目的女性。

「♪看著～水流～的生活～是東雲的～罷工～」

那名女性身穿緋紅色的振袖，上面有著鮮豔的花朵圖案，臉上擦著鮮豔的口紅，用鼻子哼著歌，悠晃地走在紅磚鋪成的街上。以現代的風格來說，她的身高簡直就是模特兒身材，她絲毫沒有散發出所謂千金小姐的高雅，化妝與打扮卻相當華麗，有著任誰都會別過頭來感嘆的性感與美麗。

（要說到適合鷗外先生的人，就是那樣的美女吧……）

芽衣不自覺心想，如果自己像那個人一樣美麗就好了。

鷗外的鼻子也很挺，這樣的美女鐵定能被周遭的人認可為婚約者。那名女子的美貌，有著會讓大家舉雙手歡迎，說出「如果是這樣的美人，有無家世就無所謂了」的說服力。

「我說妳，幹嘛一直這樣看著別人呢。」

「咦?!」

那名女子與自己四目交接了。

才這麼一想，對方就揮著緋紅色的袖子走來貼近芽衣。即便那眉宇看來並不太高興，眉形卻依舊美麗，這麼近距離一看，芽衣似乎更加地陶醉在她的美色當中。

「像看著雙親仇家一樣盯著我瞧，要是有話想說就說清楚明白呀！如果妳想和我吵架，我也是不會跟妳討價還價的啦。」

「不、不是的，我沒有這麼想！我只是因為妳太過美麗，才不自覺盯著妳瞧而已！」

「啊？美麗？」

說著，她目不轉睛地凝視著芽衣。

「是說，我好像有在哪裡看過妳呢，呃——在哪裡來著？」

「嗯？」

這聲調聽起來低沉了些，是錯覺吧？

「啊——對啦對啦，我想起來了！妳是在鹿鳴館被藤田那傢伙給纏上的小姑娘嘛！我還因為竟然有女孩子這麼有膽識而佩服一番呢，所以記得很清楚……」

「……？」

「啊——哈哈哈！討厭啦我！我是在博多長大的，嘴巴比較刻薄，常惹客人生氣呢。這個嘛，這事先不談啦。」

她微微彎腰，配合芽衣的視線，原本不太開心的眉毛緩和下來，描繪出兩條弧線，有著深邃雙眼皮的眼眸興趣盎然地盯著芽衣的臉。

「突然向妳找碴真不好意思呀！我最近有點睡眠不足，為了遮掩粗糙的皮膚，我正好來銀座買白粉呢。結果就看到有人散發出一臉想要咒殺我的眼神……」

「白粉？」

對此單字有反應的芽衣猛然探出身子。

「只要塗了白粉，我也可以變得像妳一樣漂亮嗎？」

「啥？」

「我必須馬上變漂亮才行，只是書店裡也沒有賣時尚雜誌，現在又還搞不太清楚化妝品的使用方法，更沒有可以商量的朋友，已經不知道該如何是好了，但是我又不想給鷗外先生添麻煩！」

一脫口說出後，就停不下來了。

在上野精養軒發生的事一點一點地刺痛著芽衣的胸口。出現在那裡的女人們，鐵定看出芽衣只不過是個臨時抱佛腳的千金小姐。竟然抱持著像在家庭餐廳吃飯一樣的態度坐在那兒，她們不只認為芽衣很詭異，甚至對於選擇這種女人當作婚約者的鷗外也產生了某種失望吧。

或許鷗外本身對於讓誰失望一點也不介意。

（不過……我不想要扯鷗外先生的後腿啊。）

芽衣無法忍受自己的存在對鷗外而言是扣分的。假使正如春草所言，鷗外是為自己著想才賦予她婚約者的職責，那她就更不能滿足於「可憐的身分不明者」這個身分。

就因為這樣的生活不會持續一輩子才更要如此。如果無法回饋受到的恩惠，至少不要再添更多麻煩。

「哦，看來是有什麼隱情呢。」

那名女人溫柔地對憂愁又想不開的芽衣說了。

「不過啊，為了一個男人想要讓自己變得更美麗，真是讓人熱淚盈眶啊。看來妳相當迷那個男人嘛。」

「沒沒沒沒這回事！才不是這樣的，他是我的恩人啦！」

「啊哈哈！幹嘛要害羞啊。嗯，不過我非常清——楚了解妳的少女心囉，雖說這不能當作是道歉的證明，不過呢，我就把妳變成一個讓人驚豔的好女人吧。」

「咦？」

芽衣瞬間抬起頭，對方浮出一抹豔麗的笑容。

「妳就當作妳被騙了吧，來，跟著我走。」在輕輕招著手邁開步伐後，她又別過頭來。「對了對了，我的名字叫做音奴，請多指教囉！」

——因為音奴叫自己跟著她走，芽衣就這樣漫不經心地跟來了。

「來，到囉！歡迎來到我的後院，神樂坂。」

沒想到會被人力車載來神樂坂，芽衣馬上不安起來。

牛込區神樂坂，以現代來說，是位於東京都新宿區的繁華街。平緩的坡上開著好幾間從江戶時代一直保留到現在的商店，散布在各處的神社佛閣與成排的紅色燈籠醞釀出了寧靜的氣息。

「那個……我們要去哪裡呢？我還以為鐵定在銀座附近……」

「妳還真是什麼都不懂耶，全日本最多美女聚集的地方鐵定是神樂坂啊，銀座、祇園、向島根本沒啥看頭。」

噢，這樣啊？芽衣只能點頭。

斜坡上有好幾間料亭。講到料亭，總會讓人覺得是在時代劇中惡代官會調戲藝伎的場所，光是從前面經過就讓芽衣緊張起來，這種格格不入的感覺，和在鹿鳴館與上野精養軒並不相同。

稍微爬了一會兒坡，彎過小巷，兩人抵達了一棟三層樓的大洋房。

與其說是個人住宅，這給人的印象還比較像是住宿用的。每個陽臺上都掛著角燈，好幾名身穿貼身襯衣的女性正往下看著她們，音奴則朝那些女人們揮了揮手。

「怎麼啦，音奴，這孩子是新人嗎？」

「就是這麼回事，很可愛的孩子吧？這是我最優秀的弟子哦。」

音奴一派輕鬆地說著走進建築物裡，芽衣跟了上去，越來越不了解這是怎麼樣的地方，是像學生宿舍嗎？

爬上狹窄的階梯，走過長長的走廊之後，音奴招待芽衣進了一間六疊榻榻米的和室，看來這棟樓有好幾間構造相同的房間。

「這裡是我的房間，怎麼樣？雖然有點小，不過還不錯吧？」

「噢……」

「我說，妳在害怕什麼啊？這裡又不是什麼可疑的地方。雖說有些人聽到置屋就會覺得很不三不四，不過要是把我們當成是花街柳巷……」

「置屋是賣什麼的地方？」

芽衣詢問，音奴眨了眨她修長的睫毛。

「妳不知道置屋嗎？」

「……真不好意思，請問這是很有名的店嗎？我最近才來到這個時代……不，是來到東京，所以不是很了解這個城市。」

聽了她的解釋後，音奴雙手交臂，思忖了一會兒。她那煩惱的表情也很美麗，芽衣不自覺看呆了。

「這個嘛，簡單來說，這裡是磨練女性的學習所。」

音奴抬起頭，微笑地接著解釋。

「為了學習茶道、花道、三味線、太鼓和歌唱等，來自全國的女性們都會住在這裡，當然妳也是其中之一。」

「學習所……嗎？」

原來如此，芽衣點點頭。看來她覺得這裡的氣氛很像學生宿舍也未必不對。

在理解這裡是個用來做什麼的地方之後，芽衣終於放下心來，同時好似來參觀女校的隨興與好奇心也湧了上來。

「只要在這裡反覆練習，我也能夠像華族千金小姐那樣有女人味嗎？」

「說得沒錯。女人與妖怪都是靠喬裝而來的，只要有幹勁，別說是華族千金，還能夠成為日本第一的藝伎呢。」

音奴甩著扇子笑出聲，輕輕散發出充滿香氣且高雅的味道。

「不過，在我看來妳還真是不夠性感呢。」

言語的利刃一下子刺進了芽衣的胸膛。

「這樣說是不太好啦，不過妳的行為舉止實在太粗魯了，衣服也穿不好，走路姿勢亂七八糟，該怎麼說呢，這違和感就好像西洋人在模仿日本人。」

「……」

音奴的指責太過尖銳。那股違和感的真面目，是因為芽衣還沒有習慣穿著和服的生活，尤其是草鞋，可能是因為有草履帶的關係，走起路來很不自然。

「所謂的華族千金啊，大概從小就開始學習舞蹈和茶道了，所以才能自然而然學會禮儀和規矩。這不可能一朝一夕學會，所以還是趕快……」

音奴坐在房間一角的鏡臺前，啪！地打開了抽屜，並相繼取出化妝品的容器，排列到臺上。

「喂，別發呆了，過來這吧。對了，順便也把那和服給俐落地脫掉吧。」

「咦？脫掉？」

「沒錯，我會借妳我的和服，妳想變得有女人味，就必須穿更華麗的和服才行呢。」

原來是這樣啊。芽衣遲疑了下，不過也沒有其他人說的話比這位美女的言詞更有說服力，所以她就坦率地回應了。

「喂！那個別脫啊妳！」

「……咦？」

音奴發出粗大的嗓音，制止正打算把最後一件也脫下的芽衣。

她的聲音瞬間改變，讓人還以為她感冒了似的，芽衣因而嚇了一跳。

「哎、哎呀～真對不起喔？我無法改掉斥責新人的壞毛病啦。沒錯沒錯，襯衣穿著就行了，來這裡坐下吧，我現在教妳化妝的方法。」

音奴馬上轉為溫柔的口吻，抓著芽衣困惑的手腕，把她拉到化妝臺前坐下。接著，她將名為「美人水」的液體與寫著「無鉛白粉」的粉裝到容器裡，迅速攪拌。

「聽好囉？白天和晚上的妝是不一樣的，雖然塗得越厚皮膚會越白，不過隨著時間，就會因為乾燥而出現明顯裂痕吧？所以很容易看出粗糙感的白天塗薄一點會比較好……要來囉，會有點冰，忍耐一下。」

「呀！」

沾著水粉的刷具塗上了芽衣的頸部，那冰涼的觸感使她肩膀縮了一下。

「啊哈哈！這叫聲還真是一點也不性感耶，妳這副模樣，會被其他女人搶走妳著迷的男人哦。」

「不、不是的！就說鷗外先生對我來說不是這樣！」

不知怎麼地，耳根一點一點熱起來了。

看來音奴把芽衣當成會為了單戀費盡心思的專情小姑娘了。她無法順利說明背後這錯綜複雜的原因，只能拚命地找尋著詞彙。

「吶，我說，妳講的『鷗外』，該不會是指森鷗外吧？」

音奴停下塗白粉的手詢問。

「……妳認識鷗外先生嗎？」

「知道呀，是翻譯安徒生作品《即興詩人》的森鷗外吧？那可是會留名歷史的名作呢！我有一位身為奇幻文學作家的朋友是這樣到處嚷嚷的啦。」

（是這樣啊……）

意外提到了鷗外的話題，使芽衣再次強烈地認知到他的存在感，同時她越來越因為自己所處的立場不勝惶恐而神情恍惚。

「不過啊，妳竟然愛上這麼了不起的人啊，妳可真讓人佩服呢。」

「不是的，我只是單純寄住在那裡，湊巧在鷗外先生的家受到照顧而已，鷗外先生也沒有想過要我一直待在那裡……」

正因如此「婚約遊戲」才會成立。正因為是總有一天會消失的人，才有可能像這樣呼應場面。

（不過，這個總有一天，究竟是何時？）

無法保證能夠回到現代的自己，究竟能在那個家待到何時呢？她還能被允許待在那裡多久？要是待久了，鷗外也會不知道要怎麼處理芽衣，在差不多考慮要和真正的千金結婚時，她鐵定會成為阻礙。

「別擺出那副鬱悶的表情啦，都糟蹋可愛的臉蛋囉？」

芽衣一想到未來的事情就極度不安，不自覺低下頭來，音奴因而用手指抬起她的下巴，被那美豔的眼眸給盯著，使芽衣心跳了一下。

「我不知道妳有什麼隱情，不過再有自信一點吧。無論是再怎麼完美的男人，到頭來也只是男人而已，要是被妳這麼可愛的女性給貼上來，理性鐵定一下就啪——地飛走啦。」

「我、我認為不會有這種事的啦……如果是音奴小姐這樣的美女倒還有可能。」

「啊哈哈！是啦，我確實是比妳還要美，不過妳有著名為年輕的武器，只要堂堂正正抬頭挺胸就好了。」

音奴神態自若地笑著，將口紅沾在無名指上，為芽衣的嘴唇妝染上那色彩。被鮮豔赤紅給妝點的自己映照在鏡子當中，簡直像別人。

音奴觸碰自己嘴唇的手指相當溫暖，芽衣不禁想，如果有個親姊姊就會是這樣的感覺吧。她也發現，自己只是稍微吐露一點心事，心情就舒爽了一些。

「如果妳還是沒有自信，就再來找我吧。我白天要練習，晚上也有工作，不過大多時候我傍晚都會待在這裡。」

「可以嗎？」

「當然，這也是某種緣分吧。」

音奴透過鏡子，彎起了眼。

「不過，這間置屋的事要對任何人保密哦，本來這裡應該是外部人士禁止進入的……明白了吧？也要向妳最重要的主人保密哦。」

芽衣在神樂坂搭上了人力車，等抵達鷗外宅時已經超過傍晚六點。芽衣慌慌張張地跑到廚房，打算幫忙準備晚飯而捲起袖子，沒想到富美早就準備好了。

「對不起，我回來晚了！本來我還下定決心今天要煮飯的……」

「芽衣小姐不必做這種廚房的工作啦，這裡就請妳交給我吧。」

可是……芽衣本想說些什麼，富美卻用一臉微妙的表情搖搖頭。

「我很感謝妳想要幫我，不過用牛奶煮雞肉的料理光想就讓人毛骨悚然呀。

這話我只在這裡說，饅頭茶泡飯還比較好呢。」

她的意思就是在拜託芽衣別做些詭異的食物。奶油燉菜竟然和饅頭茶泡飯並列，這點實在讓人很難過，看來芽衣提出的菜色並非是一般家庭所熟悉的。

由於晚飯已經煮好，富美拜託芽衣去叫房裡的鷗外和春草來，因此芽衣上了二樓。她先敲了春草房間的門，只是沒有反應。

（在睡午覺嗎？）

她覺得有些奇怪，又敲了一次門，並把耳朵貼在門上，聽見裡頭傳來了窸窸窣窣的碎唸聲，看來春草並沒有聽見敲門的聲音。

於是她轉了轉門把，呼喚了聲「春草先生？」，窺看房間裡頭，沒想到卻看見了這一整天下來最奇妙的光景。

「……啊啊，實在是太棒了！這細緻又優雅的觸角、閃耀著鮮豔光澤的暗紅色外殼、左右對稱的尾巴……這完美的造型之美，就算被稱作是吉祥物也理所當然啊……我打從出生以來第一次看見像妳這般完美的模特兒，這簡直是命運的邂逅……」

那一瞬間，芽衣無法理解發生了什麼事。

在盛著雄偉龍蝦的大盤子面前，總是面無表情的春草泛起紅潮，在和紙上舞動著畫筆，好似與命中注定的對象邂逅的熱情臺詞，相繼從他的嘴裡吐出來。

「沒錯……這圓柱狀的曲線最棒了……竟然把像妳如此美麗的模特兒當成是鍋中食材，那些傢伙根本瘋了吧……！啊啊沒關係，別擔心！我絕對會保護妳的……所以相對的，再多讓我看看妳那可愛的螯腳吧……？」

「春草先生……」

雖然有些疑惑，但已經到了晚餐時間，芽衣姑且還是出了聲。

於是春草立刻停下追求龍蝦的話語，轉頭過來看芽衣，彷彿芽衣的聲音是解除催眠術的開關，像往常一樣面無表情的春草就站在那兒。

「……差不多到晚餐時間了，請下樓來吧。」

「哦，這樣啊。」

那冷淡的回應也一如往常，芽衣無法掩蓋因為這劇變而產生的混亂。

「幹嘛？」

可能是感受到視線吧，春草緊緊瞪著她。

「沒、沒有啦，我只是在想春草先生還真是喜歡龍蝦呢。」

「啥？也沒特別喜歡啊，就一般般。」

他一臉「別問這種無聊問題」似地回應。

無法理解的芽衣退出春草的房間，這回她去敲了鷗外的房門。

「哎呀，妳回來啦？」

打開門後，身穿和服，正對著書桌寫些什麼的鷗外抬起頭來。

大桌子上堆著許多書，卻沒有給人散亂的感覺，所有的東西都放在原本該有的位置，看起來相當舒服。收在書架上的書本書脊上寫著各國語言的書名，她再度感受到鷗外精深的教養。

「妳怎麼擺出一副不知所措的表情呢？」

鷗外興趣盎然地說著，站了起來。

芽衣不覺把手貼在自己的臉上。可能是因為剛才春草的事情實在太過衝擊，驚訝的情緒還留在臉上吧。

「已經到了晚餐時間，所以我去叫春草先生，但是他的樣子好奇怪，他對著龍蝦說什麼妳好棒、這是命運的邂逅什麼的，好像被附身一樣……」

「啊啊，這種事妳不必在意的，他總是這樣。」

鷗外一臉不覺得有什麼問題似地回答，並走向芽衣。

「那也是藝術活動的一環呢，他只要發現中意的模特兒就會忘我，不過他本人好像沒有察覺到自己的驟變就是了。」

「……是這樣啊。」

說起來以前三人一起去牛鍋店時，鷗外好像曾若無其事說過「春草會追求貓咪」等等。那時候還以為鐵定是玩笑，沒想到是有確切事實的證言。

（越來越不懂春草先生這個人了……）

「啊，晚飯已經準備好了，差不多該下樓來囉。」

傳話完之後，芽衣打開門本想離開房間，就在此時，鷗外不知為何把芽衣打開到一半的房門又砰！一聲關上。

「——等一下。」

突然一陣沉寂。芽衣緩緩回頭，鷗外就像包覆著芽衣一般，把雙手撐在門上。

平常總是很穩重的他，瞳孔變得像在刺探內心般銳利，然而他的嘴角依舊掛著笑容。

「看來，妳今天出去玩得很開心啊？」

芽衣猛然一驚，心想是否因為沒有在準備晚餐的時間前回來，惹他生氣了。

「對不起，我本來以為能夠趕上準備晚餐的時間，結果不小心錯估時間了……」

「那種事無所謂哦，妳本來就有自由使用自己時間的權利，就算趕不及準備晚餐也無妨。只是……」

「……」

鷗外的食指劃過了芽衣的嘴唇。

看見那指腹染上的淡紅色，芽衣震了一下，她本以為離開神樂坂的置屋時有確實把妝卸掉，原來沒有把口紅擦乾淨。

「未婚妻不應該有事隱瞞的，妳不覺得嗎？小松鼠？」

她無法別開視線，被那雙直勾勾的眼眸給盯著，使芽衣噤了口氣。

「不過，這間置屋的事要對任何人保密哦。」

芽衣本想說明在神樂坂的事，音奴的話卻在腦中浮了上來，她因而閉起嘴。

即便對身為恩人的鷗外隱瞞事情讓她感到鬱悶，但約定就是約定，可不能輕易將女人之間的秘密說出口。

芽衣沉默著，鷗外撫摸她的頭髮。他像是在惡作劇似地把手指穿進髮絲之間，使她心跳得飛快。那指間的觸感雖然很平靜，另一隻手卻穩穩地撐在牆上，溫柔地阻擋她逃離，彷彿被囚禁在用絲綿編織而成的籠中，這種封閉感讓芽衣深深吸了一口氣。

「才沒有什麼事隱瞞……」

然而她無法肯定也無法否定。如果只是敷衍了事的謊言，她可以想出好幾個，但是她沒有自信不被看透。

「我……不會做出給鷗外先生添麻煩的事，請你相信我。」

帶有暗紅色的光線從窗戶透進來，不久後便失了色彩，輕微的昏暗感在房間裡沉澱，唯有陳列在書架上的古書香氣，和香菸的味道飄盪在鼻腔附近。

「我並沒有在懷疑妳有什麼不好的陰謀。」

鷗外撥弄著芽衣的頭髮，拋出清澈的視線。那麼為什麼她會有種被逼迫的感覺呢？

「倒不如說，我希望如果妳有打算要做什麼事就先知會我一聲，我可以提供給妳很多歪腦筋啊。」

他用開玩笑的口吻輕輕微笑，那表情和平常一樣神色自若，但芽衣不懂鷗外的想法。她不明白被留下來的原因，也不知道為什麼會在這能夠感受到鼻息的距離之下被凝視，只能盡力掩飾她的尷尬。

隔著他寬闊的肩膀，芽衣看見窗外掛著歪斜的弦月。

不久，鷗外輕柔撫摸芽衣的臉頰，退開了。

「抱歉把妳留下了，等妳下樓後，可以幫我告訴富美小姐嗎？」

「鷗外先生……」

「妳的嘴上還有口紅，請確實卸掉。」

鷗外坐上皮革椅，面對著桌上的原稿紙。

她聽見了振筆疾書的聲音。芽衣微微鞠躬，安靜走出房間，背著手倚靠在關起來的門上。

只要手指一碰上唇，就會沾上淡淡的口紅，而唇上還留著鷗外的體溫。

第五章　沉睡於水底之物

今天路過此地時，看見一位少女泣不成聲地倚在寺門前。年約十六、七歲吧！鬆落在頭巾外的頭髮帶著些許金黃，衣服上沒有任何汙點。她那因我的腳步聲而受到驚嚇、轉過頭時的神情，不是詩人之筆的我無法描繪。長長睫毛下是藍色、清澄、帶著疑惑、憂愁的眼睛，

「啊啊，又來了。」

那天晚上，鷗外拿著寫到一半的原稿紙不自覺嘆了口氣。

原本應該被用漆黑墨水寫下的文字彷彿滲出淚水變成了淡墨色，如同隨風飛舞的花瓣，慘澹地散落在原稿紙上。

如果說語言中寄宿著靈魂，那現在眼前的作品只不過是沒了靈魂的殘骸。一旦發生這種情況，不是「魂依」的自己就無法可想了，鷗外自言自語地將目光瞥

向窗外。從書房的窗戶可以看見星空中掛著橢圓的明月，在野狗嚎叫聲蔓延的夜晚飄忽不定。

不久，有人輕輕敲了門，寄住在此的未來年輕畫家探出了頭。

「鷗外先生，我現在要出門一下。」

春草一面調整圍巾說道，配上極為不開心的表情。

「哦，已經這麼晚了耶？」

「**又被**逃掉了。」

春草淡然地告知。

「快要到交作業的日期了，我想散個步，順便找些新的題材。」

「嗯哼，這可真巧，其實我剛剛也被逃掉了呢。」

兩人對視了一會兒，一同嘆了口長氣。

人們常說優秀的創作品中寄宿著靈魂，這靈魂會在避人耳目的情況下從創作品中脫離，成為人稱「化物神」的妖怪在小巷中徘徊。這個世界上存在著好幾種妖怪，而被稱為藝術家的人們自古以來就因為這些「化物神」的存在所苦。

今晚從鷗外小說中脫離的是德國人女主角，也是主角在柏林街頭邂逅的舞女。明明只剩一點點作品就要完成了，主要人物竟然逃走，這樣一來就無法再繼續寫下去。唯有神才會知道「化物神」是否會回到創作品當中，因此過去也曾有過化物神一直沒有回來，最後作品就在沒完成的情況下歇筆。

「散步是不錯啦，不過走夜路要小心哦。」

鷗外看著幽暗的窗戶外頭。

現在是非生人者的影子最為濃厚的夢境與現實交界之時，即是從日落後到黎明這俗稱的「朦朧之刻」。

「啊，如果有找到留著金黃色頭髮和有著藍色瞳孔的德國美女就順便幫我告訴她吧，希望她不要一直閒晃，趕緊回來這裡。」

「那麼鷗外先生如果看見附近有一隻大龍蝦在徘徊的話，也請幫我叫住她吧，請她現在馬上回到我的畫之中。」

這次是龍蝦啊……鷗外仰天。春草所畫的題材有不少動物，至今為止也有幾度是鹿或野豬從畫中逃離。

「不過就假設我幫你找到你畫的龍蝦好了，面對海洋生物，我應該用什麼語言才好？這是非常重要的問題，如果日文能通就好了。」

鷗外聳聳肩，一副開玩笑的口吻，春草也做了同樣的動作。

「反正我們也看不見妖怪，這個答案只能去問『魂依』了。」

很不巧鷗外身邊並沒有人擁有魂依的能力，能夠實際看見常人看不見的非人生物——也就是妖怪，只有被稱為魂依的特殊人士。

「不然，妖邏課的藤田先生應該比較清楚吧？」

「嗯——藤田警部補嗎？」

鷗外環抱手臂思考著。

他和警視廳妖邏課的警部補藤田五郎之間，不久前才因為芽衣的關係而在鹿鳴館發生糾紛。

「說真的，可以的話，現階段我希望能和他保持點距離呢……」

在鹿鳴館的那個晚上，鷗外對著藤田撒謊說芽衣是他的未婚妻。

藤田不是瞎子，不可能沒看出那急中生智的謊言。

不過這些他從一開始就知道了。管轄警察的內務省和陸軍省之間的關係不好也不是一天兩天的事，再加上藤田是個對個人直覺很忠誠的男人，無論再怎麼掩飾，也不會抹去他對鷗外的懷疑吧。

藤田之所以沒有拔刀，只不過是因為那裡是鹿鳴館這個特別的場所罷了。此外，那個鬼之警部補也不想要在俄羅斯重要人士面前爆發警察和軍人的衝突，鷗外認為這是非常賢明的判斷。

「這可真稀奇，鷗外先生竟然會疏遠警察，明明平常就算再怎麼被找碴也無動於衷的。」

「我並不是疏遠，只是覺得有點麻煩而已。」

「既然麻煩，打從一開始就別和那女的扯上關係不就好了嗎？」

春草用平緩的聲音指責。

「……我想如果是平時的鷗外先生，應該會這麼判斷才對。」

春草的言外之意是，把芽衣從鹿鳴館帶回來並不像理性的鷗外所為。

根本無需指責，鷗外自己也這麼想。並非一般市井小民，而是以一介公眾人物身分活到現在的自己，在那天晚上卻因為某種微小的契機而稍微偏離了軌道。

不，他是故意偏離的。

鷗外把手肘放在桌子上，揚起單邊眉毛。

「春草，有時候我會有種錯覺，你好像是我母親放在我身邊的監督者，既然如此，我希望你直接說明白。我會支付賄賂你的要價，能否請你不要背叛我？在這棟宅邸裡的自由生活，是我僅存的最後堡壘了。」

春草吐出一口氣。

「……總覺得我好像被若無其事地岔開話題了，不過無所謂。和那孩子同居雖然是意料之外的事，不過我只要能在和平的環境裡畫圖就好了。」

說著，春草握住門把。

「如果她早點回來就好了呢。」

「我想芽衣應該在房間裡喔？」

「不，我是說逃離你小說的德國女士。」

彷彿接連嘆了好幾口氣，春草接著說。

「……那位女士的名字是？」

被這麼一問後，鷗外的視線落在原稿紙上。

一個人蹲在柏林的克勞斯特街上，哭成了淚人兒的年輕舞女。有著金黃色頭髮的美麗女子，她名叫——

「愛麗絲。」

輕聲簡短的囁嚅，在夜晚的寂靜中煙消雲散。

自從芽衣開始住在鷗外的宅邸，已經過了兩個星期。

今天她在中午前就打掃完宅邸了，故而她來到了音奴所在的神樂坂置屋。

「聽好囉？千金修行最不可或缺的，就是名為小笠源流的禮儀。」

音奴說了。

「妳看起來是很會用刀叉，不過筷子的使用方式實在亂七八糟，吃飯時筷子可以碰到食物的長度只有六分。聽懂了嗎？不是一寸也不是一寸五分，只能用六分而已，世間的千金小姐們都是這樣的。」

她所說的「六分」，芽衣用眼睛目測只不過是兩公分左右。

兩公分。筷子只能被允許弄髒這樣的長度，這就是千金小姐們在上流階級所過的生活，在剛煮好的白飯上盛上牛鍋食材後大口扒飯的這種舉動是絕對不可能被認可的，在物理上也做不到。

芽衣面對準備好的膳食，拿起筷子，置屋的伙食只有一湯兩菜這種簡單的菜色，不過要攻略烤魚的難度可是很高的。芽衣深呼吸，戰戰兢兢地打算將骨頭挑出來，馬上就聽見「喂！」的一聲飆罵。

「我說過只能用六分了吧？不用這麼急著吃好嗎，誰也不會搶走妳的魚！再更慢一點，更優雅地吃！優雅地！」

「對、對不起！」

音奴的指導毫不留情，然而拜託對方「請嚴格教導我禮儀規矩」的人可是芽衣自己，連一項筷子的使用方法都還沒學會，可不能示弱。

「這條魚還熱騰騰的吧？」

「咦？」

「像我們這種庶民啊，或許光是能吃到熱騰騰的飯菜就很幸福囉。在那種有好幾千坪的大豪宅啊，用膳的地方和食堂可是離得很遠呢，在料理被端上桌的過程中，就會完全冷掉了。妳有聽說過『貴族的貓舌』一詞吧？」

芽衣搖搖頭，音奴吃驚地笑著說「妳還真的很不諳世事耶」。

「從小就已經習慣吃冷食的大小姐們反而沒有辦法吃熱食呢，無論是味噌湯還是茶，都只能等到冷掉才能飲用哦。」

「這樣……總覺得好可憐……」

芽衣深切地低語。

「這就代表千金小姐沒有辦法享受熱騰騰的牛鍋吧？雖說牛鍋就算涼了也很適合配飯啦，不過還是在眼前煮好之後馬上送進嘴裡才是牛鍋的醍醐味呀。不曉得會不會燙傷舌頭的愛恨情仇與肉的美味，這種牽制兩者的氣氛為餐桌更增添了一分戲劇性！」

「哎呀，真是的，我已經很清楚妳喜歡吃肉了啦！」

音奴用手上拿著的扇子咚咚地敲了敲伙食。

「那麼妳就更應該感謝現在的環境。也有家庭認為一群人圍在一個鍋子旁邊用膳是很低俗的，如果妳是被那樣的雙親養育成人，那就根本沒有機會讓妳吃牛鍋吧。」

這樣實在太悲傷了，芽衣再次感受到自己學到做為真正千金小姐的嚴苛之處，就算不論牛鍋的事情也是。

「……有錢人家的千金小姐，原來不是只穿著美麗的衣服就好了呀。」

不是說因為出生在富裕的家庭，就一定會被嬌生慣養，家世品格越好，家教就越嚴格，也必須忍耐很多事情。
就本人看來這是理所當然的日常，不過必須一直維持身為千金小姐的行為舉止，鐵定不輕鬆吧。芽衣刷新了她的想法，或許品格並非先天的才能，而是每天日積月累才能學會的技巧。
「這個嘛，有錢人也是有各式各樣的啦，我個人是很討厭為了炫耀而裝什麼金牙齒的富豪混蛋。當然如果是付錢很乾脆的客人就另當別論了。」
「……客人？」
「嗯？哦哦，所謂的客人呢，也就是……來看我們表演技藝的客人。我們偶爾會舉辦發表會呢，招待擁有地位的人們齊聚一堂來喝酒等等。」
哦——芽衣探出了身。如果像音奴這麼美麗的女性們聚在一起，那一定很華麗吧？她對於這個發表會突然間湧出了興趣。
「我可以去參觀嗎？」
「啥？」
音奴微微搖頭。
「啊，不過這是地位崇高者的聚會吧？那就是不行了嗎……」

「不，並沒有說不行啦，妳在場是無妨，如果像妳這樣感覺脾氣很好的孩子能夠幫忙，我想應該會派上一些用場才對。」

「我要幫忙！」

芽衣幹勁滿滿地舉手。

「無論是掃除、攬客還是帶位，什麼都行！雖然無法幫上什麼大忙，不過要是能看見大家聚在一起的豪華場面，我什麼都願意做！」

「這樣我是很高興啦，不過我想這和妳所想像的聚會應該有點不同……」

音奴的用詞有點含糊不清，果然她並不歡迎像自己這種外人參與吧？只是可以的話，她並不想錯過這個好機會。

「拜託了，請讓我學習！」

芽衣低下頭，音奴把長髮撥到背後，沉默了一會兒，凝視著芽衣。

雖說兩人同個性別，但對方實在太漂亮，光被盯著看芽衣就莫名緊張。不久，夕陽光從紙門的縫隙中透了進來，榻榻米被染成了暗紅色，不知從何處傳來了豆腐店與納豆店的叫賣聲，房間內充滿了夕陽西下時的氣氛。

「怎、怎麼了呢？」

芽衣打破不自然的沉默，音奴緩慢地搖頭。

「沒有呀？只是在想像妳這麼認真堅定的孩子，怎麼會沒有回報呢。」

她用認真的表情接著說下去。

「妳不記得自己的家和雙親的長相了吧？在這種什麼都不明不白的狀況之下還能這麼努力，我真心感到佩服呢。外表看起來明明沒什麼毅力，卻有勇氣不厭其煩地來這種不明所以的地方，如果是一般的男人，早就被妳給迷住了吧……」

音奴像在自言自語般碎念，向芽衣伸出了手。

她的手指觸摸著芽衣的臉頰，芽衣的心臟猛然跳了一下，同時被輕輕捏了臉頰肉。音奴一面玩弄著芽衣的臉，像是重振精神似地笑了。

「不過妳還是個小鬼呢，要被當成是女人還早了十年哦。」

芽衣瞬間垂下肩膀。她很清楚自己就像個小孩子，不過再次被拿出來指責還是很打擊。

「啊哈哈！別沮喪啦，我已經認可妳的努力了。」

「……我完全不是個努力的人。」

這並非謙虛。

原本的自己既沒有膽量也沒有毅力，更非積極向前努力的性格。她不會特別顯眼，也不會過於樸素，在團體中只要能維持正巧可以完美融入的中間位置就滿足了。

她的記憶雖然很曖昧不明，不過她想，在現代的自己應該沒有什麼特別突出的長處，不過也並非什麼問題兒童，只是個很普通的女高中生。因此她雖然很高興音奴對自己的這番評價，聽來卻又好像在說其他人的事情。

「是嗎？在我看來，妳可是很拚命在努力呢。」

音奴彎起眼眸，撫摸芽衣的頭。

「偶爾也要誇獎自己呀。如果誰也沒有誇獎妳，也太可憐了吧？妳啊，雖說看起來是有點像小孩子啦……不過既努力又一心一意，這點很可愛，也充分擁有成為好女人的資質。既然如此，由我來娶妳當妻子也沒什麼不好哦。」

啊哈哈……芽衣笑出聲。

音奴的玩笑讓她的心情變輕鬆了一些。在向她學習禮儀規矩的閒暇時間她們聊了許多，在坦白自己沒有記憶，在鹿鳴館遇到鷗外，並在他家受到幫助的事情以後，音奴打從心底很同情她。

（音奴小姐還真是個好人呢。）

對於瞞著鷗外造訪神樂坂一事她時常會有罪惡感，不過和同性朋友度過的輕鬆時光她怎麼樣都難以割捨。再說出入置屋的女性們每個都很漂亮，只要看著她們，她對於千金修行就會越來越起勁。

「那最近幾天我就會把妳帶去例行的發表會囉，相對地，妳得好好幫忙我們的工作哦？」

音奴像在告知般說了。

「好的，這是當然！」

「回去的時間可能會有點晚，沒關係嗎？」

呃，芽衣語塞。要是太晚回去，鷗外會擔心吧？話雖如此，她和音奴已經約好了，也沒辦法老實說出詳細狀況。

「哈哈！看來，妳沒有想到好的藉口吧？」

不知是否看穿了芽衣的猶豫，音奴一語道破。

「那就對妳的主人這麼說吧！說妳去淺草看了松旭齋天一的舞臺表演。」

「松旭齋天一？是誰呢？」

「妳對流行真的很不熟耶，妳不知道最近蔚為話題的魔術師嗎？」

——魔術師？

剎那間芽衣的腦中浮現出那名戴著大禮帽的男子身影。

在鼓膜邊迴響的活潑開場白，在臨時舞臺上設置的黑色箱子，以及凌晨時閃爍著瓦斯燈的公園。

在泛起淺薄微笑的男人背後，升起了如同禍害的紅色明月——

「他是以西洋魔術師的名義宣傳的，好像會在東京府內的各處出沒，表演不可思議的魔術。聽說他的技術可優秀了，有公演時他的劇場大為熱鬧，根本就沒有閒工夫看什麼馬戲團的機關人偶呢。」

「那、那個人是不是戴著大禮帽、身穿燕尾服？西裝是深紅色的，感覺有點輕浮，看起來就很可疑，自稱查理這個奇怪的名字？」

芽衣不停發問，音奴則是「啥？」了一聲，皺起眉頭。

「查理是誰啊？我在說的是松旭齋天一哦。」

「啊……」

「我是還沒有實際看過啦，不過聽說他穿的是很華麗的和服哦？和妳說的人完全不同吧？」

「……」

探出身子的芽衣，再次默默地坐回坐墊上。

（也是啦，在這個時代應該也有很多魔術師吧。）

如果名字和服裝都不同，那是不同人的可能性就很大了。唉！芽衣嘆了口氣，看著自己的手邊，突然間聽見窗外傳來了犬吠聲。那咆哮太過激烈，芽衣和音奴想說發生了什麼事，往外一看，便看見一名戴著學生帽、身穿立領制服的青年尖叫著，跑進了置屋的小巷。

「哇啊啊啊啊啊！救救救救我啊！」

是個年齡和芽衣差不多的纖瘦書生。短於肩膀的整齊頭髮隨風飄揚，圓大的瞳孔中滿是恐懼，而且不知道為什麼，他那纖細的肩膀上站了一隻白色的兔子。

（……為什麼會有兔子？）

如果是鸚哥或鸚鵡就算了，讓兔子站在肩上逛街可真是新奇，不過現在好像不是如此優閒佩服的時候，看來那隻兇猛的野狗正在追著青年跑。

「哇啊啊！有狗、狗要來了！快來人啊啊啊啊！」

「啊——哈哈哈！這不是小鏡花嘛！」

面對這個拚死求助的青年，音奴向外探出身子，高聲大笑。她不斷拍手，甚至捧腹，連眼角都流出淚來，簡直像在看一齣喜劇笑得亂七八糟。

「喂——再不快點逃就要被咬囉！不能再跑快些嗎？」

「吵、吵死了！」

青年幾度回頭看追著自己跑的野狗，反駁音奴。

「我、我才不是在逃跑呢！只、只是排解一下平日的運動不足而已！」

「汪汪汪汪汪！」

「哇啊——！」

青年臉色蒼白，在置屋的周遭繞著跑，打定主意在一旁看熱鬧的音奴一點也沒有想要幫忙的意思，實在是太可憐了。

「那個、別往那邊！逃到右邊角落那間魚店的儲藏室裡面就好了！」

看不下去的芽衣出聲大叫，只要逃進儲藏室裡面把門關上，應該可以暫時確保安全。

「啥?!妳以為儲藏室是個怎樣的地方啊！」

「所以說，那個角落的魚店儲藏室裡面很安全啊！」

「什麼魚店儲藏室！別開玩笑了！要是進去那種全部都是生食的房間，我還不如被狗咬死啦！還真是派不上用場耶！」

「好……喔……？」

芽衣本以為這怎麼想都是個有用的資訊，不過看來對方沒有打算採用建言的意思，只是毅然決然地一直在同一條路上繞著跑。

「啊哈哈！這個建議還真是沒有幫助耶。」

音奴爽快地認同青年。

「那孩子有非常嚴重的潔癖呢，無論是生魚片、紅豆麵包、酒還是什麼，只要是會碰到身體的東西他都要徹底殺菌消毒，不然就不罷休哦。要是在狹窄的空間裡被生食給包圍，對那孩子來說就跟拷問沒什麼兩樣呢。」

「這、這樣啊……」

雖然理解，不過芽衣還是認為這比被狗咬不痛苦許多，不管怎麼說，他的人生實在多災多難。

「我有和妳說過嗎？那孩子是我的朋友泉鏡花，是奇幻作家哦。」

「泉鏡花？」
芽衣對這好像在哪裡聽過的名字有所反應，音奴馬上開心地反問：「原來妳知道啊？」
「那孩子也很有名呢，我想你們應該會有什麼機會見到面吧，請和他好好相處哦。你們年齡相近，應該會很合得來。」
這又該怎麼說呢？芽衣心想。她現在和春草的年齡也很接近，卻稱不上合得來，倒不如說，最近她深切感受到對方表現出了被添麻煩的氣息。
「話說回來，那個人總是帶著那隻兔子在路上走嗎？」
「兔子？」
音奴因為芽衣的問題而愣了一下。
「妳看，那個人的肩膀上有一隻白色兔子緊緊抓著他。」
從剛才開始，芽衣就一直擔心那隻白色兔子會不會掉下去，結果對方一臉冷靜地坐在位置上，那圓滾滾的外型看起來很像玩偶，不過兔子的耳朵和腳一直都很可愛地動來動去，看來應該是真的兔子才對。
「妳在說什麼啊，我哪裡都沒看見有兔子啊。」

「咦？可是妳看，就在那裡啊。」

「對啦，講到兔子，小鏡花超喜歡兔子呢，因為太害羞了，他自己不承認，不過他會偷偷蒐集兔子的小東西哦。啊哈哈！很可愛吧？」

「嗯？是的……」

芽衣的話輕易地被忽視了。看來音奴並沒有注意到白色兔子的存在，芽衣感到不可思議，再度往下看打算確認那隻兔子，結果青年已經不曉得逃到哪裡去了。

那天晚上，鷗外很難得晚歸，好像是在德國留學時代曾經受到照顧的人來到日本，兩人就去了料亭聚餐，結果等他回到宅邸時，早已經超過他平常的就寢時間。

芽衣躺在自己房間的床上，呆呆地仰望著窗外。

老實說不用長時間和鷗外相處讓她鬆了口氣。隨著時間經過，有事隱瞞著他的罪惡感也逐漸增加，雖然非常緩慢。

（我又沒有做什麼壞事，為什麼要愧疚呢？）

老實說出來心情確實會舒爽許多，不過在和音奴約好之前特地告訴鷗外「我要去神樂坂進行千金修行」也不好吧？自己只是個代理未婚妻，對方並沒有要求自己要有如此完美的千金小姐形象，芽衣也很清楚明白。

（……好想趕快回到現代呢。）

即便記憶沒有完全恢復，至少還是想回到現代。像這樣一個人獨處，就會胡思亂想。

好想回到家人和朋友正等著自己的原本的家。在不知道自己是誰的狀況下考慮在這個時代沒有目標的未來，不安的感覺快要把內心給壓垮了。

「想趕快……」

想趕快回去——就在這句話從嘴巴說出來之時。

在月光微微透進來的窗邊，依稀出現了某個白色物體。

一開始芽衣還以為是窗簾在搖晃，然而窗戶是緊閉的，不可能會有風透進來，不久，像白霧的那個物體呈現出人形，出現在芽衣面前。

不是人形，而是人類本身。

芽衣全身僵硬了起來，連眨眼都無能為力。對方的存在感每秒都變得更加強烈，最後化為一名身穿白色洋裝的女性，微微翹起來的金黃色頭髮在月光照射下，透露出一絲絲光芒——

「唔……哇啊啊啊……！」

在發出聲音的瞬間，她的身體動了。芽衣從床上跳下來，像一隻逃脫的兔子迅速跑向門口。她拖著腳險些跌倒，最後總算是握住了門把，卻因為手汗太滑，無法順利打開門。就在她差點因為背後襲來的恐懼而失去意識時——

「——芽衣？」

門開了，穿著和服的鷗外探出頭來。

平常總是掛著沉穩笑容的他，露出擔心的表情看著芽衣。

在看見那張面容的瞬間，芽衣撲了上去，她的鼻子緊緊貼在對方的胸膛上，握著鷗外的短外褂。混雜著香菸與墨水的氣息神奇地讓芽衣冷靜了下來。

「怎麼啦，小松鼠？」

「有、有妖怪！」

芽衣用顫抖的聲音求助。

「那、那裡站著一個穿著白色衣服的女幽靈！」

「幽靈？」

鷗外依舊像包覆著芽衣的身體抱著她，環顧了室內一會兒。

「哎呀，看起來什麼都沒有呢。」

「不可能！剛才就在那個窗邊！」

芽衣膽戰心驚地回頭，然而那裡一點人煙都沒有，只有格子窗的影子落在地上呈現出沉靜的光景。芽衣揉揉眼睛，就算眨了幾次眼，仍舊毫無變化。

「呃……咦？」

「妳做噩夢了嗎？還是睡昏頭了？」

鷗外提出的看法極為合理。

就算她不覺得自己正在睡覺，也可能早已進入夢鄉一半了，然而另一方面她卻確信那個不是夢。

從以前開始就沒間斷過的違和感，讓她否定了想要把這一切當成是夢的想法。那並不像夢或幻覺般模糊——就算是個朦朧的存在，還是不會改變映入眼簾的事實。

「……鷗外先生，這座宅邸……該不會是過去曾發生過什麼事的靈異景點……」

縱使知道這個問題很失禮，芽衣還是發問了，鷗外則是一臉疑惑。

「現階段這間宅邸還沒有關於靈異事件的報告呢，就算有怪物出現，反正我和春草、富美小姐也感受不到啊？畢竟我們不是魂依。」

魂依。芽衣複誦了這個時常聽見的詞語。

（確實，這是指能夠看見妖怪的人吧……）

她的手掌心，緩慢地滲出冷汗。

芽衣不斷在自己的心中自問自答，魂依什麼的，和自己一點關係都沒有。那麼剛才看見的白裙子幽靈呢？在日比谷公園遇到的長脖子女性呢？

湊齊了這些已經不能說是錯覺的事實，她的腦中因而混亂起來。

（那麼在這個時代，妖怪會存在是件很正常的事情嗎？）

這個時代的人們認定妖怪的存在是個現實嗎——是否能看見又是另一回事。

「……鷗外先生，那樣的妖怪隨處都會出現嗎？」

他像是沒有預料到芽衣會這麼問愣了一會兒，接著點點頭。

恐怕他沒有想過有人會特意問這種屬於一般常識的問題吧，搞不好還認為芽衣記憶喪失的比想像中更加嚴重。

「和以前相比數量似乎是少很多了啦，不過以警視廳妖邏課這個部門出動的程度來看，還是有很多怪物的相關事件報告……妳在鹿鳴館也有見到藤田警部補吧？」

芽衣頷首，在鹿鳴館被嚴格審問時的不安和恐懼，隨著那個名字一同甦醒了。

「他就是一手掌管妖邏課的人物。當時他是湊巧在鹿鳴館負責保護重要人士，不過他本來負責的並非人類，而是妖怪呢。只要聽聞有怪物作惡，無論地點為何，他都會帶著有魂依能力的下屬飛奔過去，這就是名為妖邏課的部門……」

只是……鷗外定睛看著芽衣。

「妳該不會也是魂依吧？」

芽衣愣了好一陣子後，慢慢地搖頭。

她回答不出其他的答案，只能搖頭。她沒有被誰如此認定，身體上也沒有像印記的東西。

「哈哈！那麼果然，妳剛才只是睡昏頭了吧？」

鷗外一改正經八百的表情，失聲笑了出來。

「我還以為鐵定是這間房間遭小偷了，總之妳沒事是最重要的。」

「剛才真是不好意思。」

她竟然做出這種在大半夜發出悲鳴，還特地把屋主給叫來的舉動。不過鷗外卻一臉不介意的模樣。

「妳在說什麼啊，如果妳沒有發出那麼大的聲音通知我，我就沒辦法跑來妳這裡啦。」

「但、但是，我可能打擾到鄰居了……」

「鄰居的事怎樣都無所謂。」

他的手溫柔地撫摸著芽衣的背。

芽衣這時才回想起來自己一直貼著鷗外，她害羞且慌張地抽身，兩人之間產生了些微的距離和沉默。

她孤獨地感受到，殘留在背上的溫存正寂靜地逐漸消失。

不過芽衣可沒有厚臉皮到為了安心而再度貼到他身上，她也沒有這種權利，因而只是沉默著，保持適當的距離——屋主和借宿者這種親近的陌生人間的自然距離。

「要是還覺得害怕，要不來我房間吧？」

「……咦？」

說著，鷗外馬上擺出一臉神態自若的模樣往走廊走去，只留下一抹淡然的微笑。

三天後，芽衣被招待至音奴的例行發表會。

會場在位於上野的料亭——韻松亭，從晚上六點到八點。由於正巧是晚餐這微妙的時間，芽衣本來還煩惱著不知道要怎麼和鷗外說明，結果在得出結論之前，那天一大早鷗外就出門了。他這陣子為了和俄羅斯還是德國的重要人士會面與接待而非常忙碌，也不知是幸運還是不幸，他可能會很晚回家。

春草對於芽衣回來的時間一點興趣也沒有，這點就不必說了，看來今天晚上就算晚一點回家也不會有什麼問題。芽衣抱持著期待、好奇心與些許的罪惡感，比約定的時間還早一些抵達會場。

「韻松亭……是這裡吧？」

下了人力車的芽衣總感覺這副光景有點既視感，駐足了好一會兒。

位於不忍池邊的這座料亭，就在上次和鷗外造訪的上野精養軒隔壁，而兩棟建築物前面，都和先前一樣排列著馬車與人力車。

（沒想到我會再次來到這種貴婦級的店面……）

一聽見這是有錢人的集會以後，她雖然多少有覺悟，卻無法否認自己依舊有格格不入的感覺。她盡可能不要讓自己太過顯眼，打算進去後就坐在後方的座位，在準備往店門口走去時，不知道從哪裡聽見了還帶有稚嫩的男人歌聲，清澈響亮。

「……睡吧睡吧，快睡吧。」

微風竄過帶著些許暗紅的池塘水面，隨著漣漪的出現，水味也變得更加濃厚，芽衣不經意停下腳步。彷彿要被樹葉摩擦聲消去的那個歌聲，讓她莫名在意。

「孩子，好孩子，快睡吧……」

一名身穿白色和服的青年，站在池畔旁。

雖然和在神樂坂時看見的衣服不同，不過芽衣馬上認出了他，畢竟沒有什麼印記比站在肩膀上的那隻兔子還要簡單明瞭了。

「——泉……鏡花先生？」

她安靜地靠近對方，歌聲驟然停止。

在芽衣打算用不得罪人的方式打招呼說聲你好之前，對方已經用像貓一般圓大的瞳孔死死盯著她。

「妳是誰？」

「呃、我是前幾天在神樂坂和音奴小姐在一起的，我叫綾月芽衣……」

彷彿在不可燃垃圾中看見混雜著的廚餘，對方的眼神相當鬱悶。

她也一直被春草用同樣的眼神看待，要說習慣確實是也習慣了，不過鏡花的眼神更有攻擊性，芽衣深切感受到要是再繼續接近很可能會被猛抓一番的危險氣息。

「……音奴？哦，是指川上啊。」

「川上？」

芽衣試探性地再往前踏出一步，果然如同預料，鏡花立刻尖銳地說：「誰說妳可以靠近我的啊？」

「我又不認識妳，不要隨便搭話啦，自來熟耶。」

「剛才那首是搖籃曲嗎？你的歌聲真好聽呢。」

「妳有在聽人說話嗎？」

鏡花跺著腳，橫眉豎眼。

「我沒有時間理妳！我可是很忙的。聽好了？別再接近我了，我最討厭不認識的人靠近我！」

「噢……」

芽衣對於他非比尋常的反應啞口無言，不過因為春草的關係，她對這種冷淡的態度已經免疫了，倒不如說，被無情對待到這種程度，她反而會感到清爽。

——要欣賞文章，這月光實在是讓人焦躁啊。

（嗯？）

芽衣忽然感受到耳邊有人在跟她說話的氣息，往左邊一瞧。

那是個如同銀鈴聲清澈的女性聲音，然而她的周圍並沒有任何人。芽衣本以為是自己多心了，看了看鏡花，他也用一臉奇怪的表情凝視著池塘水面。

「你剛才有沒有聽見什麼聲音？」

「啊？」

鏡花生硬地回應芽衣的疑問。

「我好像聽見了女人的聲音……」

魚「啪」的一聲跳起來，濺起了廣大的波紋。

看著鏡花神情緊張，芽衣對於自己無意問了這個問題感到後悔。

她不知道原因，但總覺得這是個不能觸碰的事情，如果她只單純當成是自己多心就好了。只是要佯裝沒事地當成是自己聽錯，那聲音又太過鮮明。

「妳……」

這回換鏡花走向了芽衣。

「——妳也是『魂依』嗎？」

（妳也？）

兩人沉默地對視了一陣。

鏡花肩膀上的白色兔子，不斷地搖著耳朵。

在極近的距離下看來，那既不像真的兔子也不像玩偶，是個不可思議的生物，倘若這也是妖怪，那她對妖怪的既定概念會從根本被顛覆。

「喂，妳也看得見啊？」

「……大概是的。」

「竟然說大概！」

鏡花有些生氣地打算繼續說下去，卻聽見料亭那裡有人在呼喚芽衣的聲音，一看，原來是上吊著眉毛的音奴正朝芽衣揮著手。

原來已經到了約定的時間，芽衣慌慌張張地向鏡花點了個頭。

「對不起，我得走了！」

「……啊，等等！」

芽衣雖然有些掛念，卻還是馬上折返往料亭的方向跑去。她還想要再和鏡花多聊一些，只是現在和音奴的約定才是優先的。

「喂，芽衣！妳很遲啊！」

音奴像是要掩蓋那與美麗臉龐及裝束不相襯的粗魯嗓音，鼓起了臉頰。

「真是的，我一直在等妳耶！再不快點，宴會要開始囉。」

「對不起！我現在馬上幫忙！」

芽衣踏上玄關，脫了草鞋捲起袖子後，音奴才轉為笑容。

「哎呀——還真是幹勁滿滿呢。那麼妳也不用換衣服了，把頭髮綁好就行啦，然後妳能夠馬上前往客席把料理端給客人嗎？今晚的客人可是相當重要的大人物，不能犯錯的，聽懂了嗎？」

「是，我明白了！」

看來她要幫忙做類似服務生的工作。大概是因為第一次穿著和服接待客人，芽衣緊張了起來，她真能順利做好嗎？

「還有啊，酒杯裡的酒若有減少要馬上斟酒哦！有些混蛋喝醉了就會糾纏不清地想摸妳，不過妳要巧妙應對，就算妳生氣了，只要妳生氣的模樣很可愛對方也會開心的。可以吧？」

「嗯？好、好的！」

芽衣點點頭，但還是覺得疑惑。她本來想像的是像在家庭餐廳裡打工那樣的工作內容，如果還會有人喝醉，那狀況就有點不同了。

音奴握緊芽衣困惑的手腕。

「妳一定沒問題的，只要做得好還會攀上枝頭呢，好啦，快去快去！」

做為會場用的房間，乍看之下有差不多五十張榻榻米這麼大吧。

這個榻榻米房的寬敞程度甚至拿來踢室內五人足球都很有餘裕，裡面整齊地擺放了膳食，身穿西裝和軍服的男性們正熱鬧地把酒交歡。

臉部塗白的美豔女性們正在金色的屏風前演奏和樂器，她們是音奴的夥伴，在置屋中也時常見到。不久音奴從屏風後飄飄然地出現，用扇子跳起了優雅的舞蹈——簡直就像「夜蝶」隨風飄揚。

在那之後，忙碌的程度宛如戰場。才剛把酒端出來，轉瞬間又被喝個精光，芽衣不知道往返了廚房和客席幾十次了，再加上還有人提出「常溫酒」、「溫酒」、「熱酒」這些麻煩的要求，沒什麼社會經驗的女高中生正大為恐慌。

「哎呀～加油哦！妳是音奴最疼愛的弟子吧？」

「新人時期總是很辛苦的啦，等一下客席那邊就會告一段落了，再去膳房把晚餐吃了吧。」

在朦朧的意識中，置屋的「姊姊們」屢次鼓勵她。既然是自己提出要幫忙的就不能在此倒下，芽衣想盡辦法面帶笑容接客，面對喝醉的客人雖然很費勁，不過因此不太會被注意到自己犯錯，這倒是個值得開心的優勢。

「那邊那位半玉，可以來一下嗎？」

在客席狀況總算穩定下來之後，一名容貌亮眼的紳士向芽衣搭話。

半玉？芽衣反問，戴著眼鏡的外國人眉開眼笑地點頭。

「妳不是半玉嗎？確實，我聽說日本是如此稱呼身為藝伎學徒的姑娘呢。」

「……藝伎？」

「啊啊……果然，日本女性很樸實這一點是最棒的呢。我雖然覺得日本的藝伎文化也很優秀，不過就我而言，還是會被妳這種重視傳統要素的女性給吸引呢。這小小的身軀、不會特別搶眼的容貌、保守的言行舉止……這可說是日本人最終極的表現吧！」

他高聲讚賞芽衣，看來酒喝多了。

「非常感謝您，您的日文說得真好呢！」

於是芽衣在對方的旁邊正坐，並提出疑問。

「您剛剛是說藝伎嗎？」

「是的！那位名叫音奴的小姐好像是神樂坂第一的藝伎呢，今天我帶來的大人物也非常中意她的樣子，或許他有意幫音奴贖身，帶回俄羅斯也不一定……不過以我而言，要說的話，比起她我更想要迎娶妳這樣的姑娘當妻子哦。」

芽衣冷不防被對方親吻了手背。她因為藝伎這個單字受到了衝擊，導致她沒能對這西方的打招呼方式立即反應。

（音奴小姐是神樂坂第一的藝伎……）

冷靜下來想想，眼前的這副光景，還真只能說是來找藝伎玩樂的情景。無論是將整個背塗成過白的膚色、鮮豔的口紅和配合著和樂器演奏進行乾杯比賽等等，時代劇中那奢華繽紛的宴會確實在此進行。

如果是藝伎，說是藝伎就好了，為什麼音奴沒有如此告訴自己呢？芽衣有被擺了一道的感覺，不過對方也沒有特別說謊。置屋是磨練女性技巧的地方，這點無庸置疑，而客席成為「招待會」的場所也是很正當的。

（……不過，直到今天都沒有發現，是我不好。我到底眼睛都在看哪裡啊？）

她嘲笑自己的愚蠢。如果是大人，這時候鐵定會想喝悶酒的。

「哎呀，妳怎麼啦，小姑娘！請不要露出這種心無所依的表情啊。那麼我就在此說一件有意思的事吧！只要是對流行很敏感的女性，任誰都會對這個當今最熱門話題有興趣的哦。」

芽衣猛力抬起頭，她可不能錯過女性們會緊盯不放的流行話題。是時尚的話題呢？還是新開的西餐廳呢？她興奮期待地等著對方說下去。

「小姑娘，妳知道傳說中的八岐大蛇嗎？」

「……咦？」

對方說出了偏離她期待的發言。

「其實啊，傳說中八岐大蛇就棲息在旁邊的不忍池裡面呢！身為一名熱愛日本的日本民俗研究者，我為了記錄祂的生態，日夜都在現場實地作業……啊啊，失禮了，這是我的名片。」

對方斜眼看了一下呆住的芽衣，得意洋洋地從外套的內口袋中拿出皮革製的名片夾，掏出來的名片上寫著「東京帝國大學文科大學英文科講師　拉夫卡迪奧・赫恩」。

拉夫卡迪奧・赫恩，這名字好像在哪裡聽過。

「赫恩、Hearn，要怎麼稱呼我都隨妳高興，有些日本朋友也稱呼我的日本名字『小泉八雲』呢。」

「……啊！我知道！小泉八雲先生！」

芽衣不由得拍了一下大腿。

她沒有想到，竟然會以這種型態和前幾天與鷗外聊到的《怪談》作者認識。

「什麼，妳竟然知道我嗎？哎呀哎呀，這可真讓我高興啊！」

就在險些再度被親吻手背之際，芽衣巧妙地先開口。

「八雲先生……原來您的本業不是作家，而是大學的英文科講師嗎？」

「不，我的本業是日本民俗研究，不過我今天只是因為俄羅斯的皇太子微服來和藝伎玩，所以被委託擔任翻譯而已……呵呵！不過妳看，比起殿下那些在旁邊拍馬屁的傢伙玩得更開心呢。」

八雲冷嘲熱諷地笑著，指著坐在上座的眾多外國人。正如他所說，應該是主賓客的美貌青年只是靜靜觀賞著舞蹈，另一方面，魁梧的中年男性們則是被藝伎們圍繞著侍奉，那些粗暴的言行舉止，在芽衣眼裡實在稱不上是高雅的喝酒方式。

（說起來，他剛才清楚提到了俄羅斯的皇太子呢……）

皇太子，也就是王子。

本來就已經身處於這個完全沒有現實感的狀況，芽衣打從心底不希望再增加離奇的要素，這早已超過她的容許範圍，使她停止自主性思考。

（咦？）

於是芽衣突然驚覺。

講到俄羅斯的皇太子……

確實，鷗外曾說過今天晚上要接待俄羅斯的重要人物。

「呃，我們剛才講到哪裡了……啊啊，對啦！八岐大蛇！雖然說法眾說紛紜，不過據說祂是掌管水的龍神，要是生起氣來，可會引起大洪水的！」

總有種不好的預感。

「古文獻上說，為了平息龍神的憤怒，以前會獻上一名處女當作活供品祭拜，如果謠言是真的，那不忍池也會發生同樣的現象……」

她的胸口開始躁動。就在她想要深呼吸調整氣息的同時，畫著絢爛櫻花畫的紙門俐落地打開。

芽衣還以為自己要停止呼吸了。

「森陸軍一等軍醫正，現在抵達了。」

灰暗的行燈[10]燈光，使裝飾在白色軍服上的肩章散發出柔和的金光。

面上上座以坐姿敬禮的男性，緩緩抬起他姣好的面容。

他那溫和的眼神中閃爍出凜然的氛圍，瞳孔環視著廣大的客席——不久後，他的目光停住了。

連藏起來的時間和餘裕都沒有。

突然出現在眼前的鷗外用視線貫穿了芽衣，甚至使她感到虛幻的痛覺。可以的話，她想要立刻逃出這裡，卻像是被用來將蝴蝶釘在展翅板上的針給貫穿，無法動彈。

（為什麼鷗外先生會在這裡……）

芽衣不自覺別開視線低下頭來，感覺到異樣的八雲則是瞧了瞧她的臉。

「小姑娘？妳身體不舒服嗎？」

明明知道必須回答些什麼，卻想不出一個適合的回應。

「啊啊，妳的臉色果然很差……我現在馬上去拿水來！」

10. 在發明電燈前，日本人用於室內照明的燈。

八雲敏捷地離開客席，芽衣像是要追隨他似地抬起頭來，卻發現音奴在她的耳邊囁嚅。

「是啊，抬起頭來吧，妳那可愛的臉不給客人看，要給誰看呢？」

芽衣回過神來調整姿勢。現在可是在客人的面前，無論有什麼理由，這都是工作，可不能低著頭，時常保持微笑，也是千金的必要條件。

「哎～呀～森先生！真是好久不見了，沒想到能夠見到你，好開心呀。」

音奴浮起完美的職業笑容，迎接前來的鷗外。

「不過宴會已經進行到最高潮了呢，今天你來得可真晚，主賓早就喝醉了哦？」

「那裡的半玉，是新人嗎？」

芽衣猛然一震。

鷗外還抱著手，和音奴四眼相對，面對這個問題他也以疑問回應，聲音依舊沉穩。

「啊哈哈！眼睛還真敏銳，不過這孩子不是半玉，只是單純來幫忙的哦，今晚人手不足，所以我硬是叫她來幫忙的。」

「音奴小姐！我……」

不是這樣的，硬是請對方把她叫來客席的可是芽衣自己，但是音奴卻阻止了芽衣的介入，輕輕笑著。

「畢竟她是第一次做花街的工作，就算失敗了大家也會寬容她的。這孩子可是很辛苦的人呀，和家人分開了很寂寞，卻一個勁兒努力，看起來雖然有些呆愣愣的，其實是個好孩子哦。」

在藝伎們的笑聲與三味線音色嘈雜的交織下，她的話卻直接傳到了芽衣的耳裡。於是鷗外像是贊同音奴似地，也跟著微笑起來。

「她確實是個好姑娘。」

「對吧？真不愧是陸軍一等軍醫大人，眼光很高呢。」

「話說回來，這孩子適合這份工作嗎？妳是為了看清這一點，才讓她上客席來的吧？」

咦？芽衣抬頭看著音奴。

鷗外的一語道破，使音奴微笑著緘默不語。

「將來妳打算把她當成半玉放在身邊嗎？請務必讓我聽聽妳的見解，川上音奴大人。」

被直呼名諱的音奴有些驚訝地眨著她下垂的睫毛，接著把頭髮撩到背後，吐了口氣。

「什麼嘛，**這件事也**被你看穿啦？你真是意外地不好應付耶。」

音奴突然像是豁出去一般，斬釘截鐵地說了。

「正如你所說，老子我認為接收這孩子也無妨，雖然現在還是個不知世事的小姑娘，但她的幹勁比其他人多一倍呢，只要好好教育就能夠成為一名優秀的藝伎。」

——老子我？

芽衣無法掩蓋因為突然變調的口吻而產生的動搖。這丕變的人格使她有些擔心，她環顧著四周，但早已酩酊大醉的人們似乎沒有發現音奴的改變。

「再說也不可能一直把有所隱情的小姑娘放在森先生那樣奢華的家裡頭吧？所以這孩子先交給我保管，讓她成為在神樂坂有最多人指名的藝伎……」

「嗯哼，指名嗎？」

原本沉默不語的鷗外像是想到什麼好點子抬起頭來，接著他握住芽衣的手

腕，強行把她拉起來。

「哇?!鷗外先……」

「那麼今晚，我就指名她吧！我要包她一整個晚上。」

說完他光明正大地帶著驚呆的芽衣橫越客座。出其不意的音奴呆站在原地好一陣子，回過神來後，才叫了一聲「等等！」。

「我可不允許你亂來，你打算把那孩子帶去哪裡？」

「夜晚很長的，就隨妳想像吧？」

「什……！」

音奴本打算立刻追上去，卻和正好經過的八雲撞個正著，八雲的眼鏡因此噴飛出去。

「啊！糟……不對，不好意思哦老爺，您沒事吧？」

「糟、糟糕了！我的眼鏡！這可是緊急事件！那邊的小姑娘，妳知道我的眼鏡跑哪去了嗎？啊啊，我也順便在收集關於八岐大蛇的資訊……」

「啥？我才不知道什麼八岐先生呢！來，眼鏡在這裡哦？」

「什麼，妳竟然不知道八岐大蛇！那麼我就跟妳說吧，這要回溯到日本神話的時代……」

「所以就說了我不知道什麼八岐先生啦！」

吵鬧的聲音逐漸遠去，鷗外一次也沒有回頭，就這樣離開客席。芽衣的手腕依然被緊緊握著，和在鹿鳴館的那天晚上一樣。

缺了一角的月亮，歪斜地在不忍池的水面上搖晃。

這光線要照亮腳邊實在太過微弱，芽衣光是要配合鷗外的步調就已經筋疲力盡，她的草鞋幾度因為微濕的地面而差點脫離，卻只能拚命跟在他後面。

「鷗外先生，等等！」

芽衣喘著氣，從背後呼喚鷗外，對方因而慢下腳步，不久後停了下來。

他回過頭來的眼神看起來正在思忖些什麼，並不像平常那樣悠然自得，卻也沒有透露出憤怒的氣息。硬要說的話，那表情好似在挑戰難題的數學家。

「啊啊，抱歉。」

本以為他鐵定在生氣，沒想到鷗外卻很快道歉，放開了芽衣。

接著他沉默地環抱著手，靠在池畔邊的松樹上，散發著銀色光輝的水面，映照出他陰鬱的瞳孔。

「那個、鷗外先生，我隱瞞了今天的事情真的很抱……」

「我啊，現在還真搞不太清楚了。」

鷗外輕輕嘆口氣，皺起眉頭。

「雖說職業不分貴賤，但會在置屋的女人大多都有一些問題，有人因為沒有家人而無處可去，有人背負著雙親的債務，當然也有人是抱持著宏大的志向，自己走上這賣藝之路……」

鷗外在此打住，看著芽衣。

「妳現在有個能夠遮風避雨的居所，即便不及王室那樣的生活，但至少不會因極度貧窮而不安才對。既然如此妳有必要進出置屋嗎？還是說，其實妳背負了巨額的借款？」

鷗外並非指責也沒有感嘆，只是單純提出疑問。

芽衣不由分說地搖頭，然而她卻不知道該如何回應才好。

「如果妳能夠老實說就好了，不過要是我不足以當妳商量事情的對象，那也沒有辦法。」

「不是！不是這樣的！」

芽衣跨出一步，拚命想出詞彙。

「我是在銀座的紅磚路上遇見音奴小姐的，她實在是個很美麗的人，所以我才想，要是能像她一樣就好了……」

「像她一樣的藝伎？」

「啊、不……藝伎的事情我是後來才知道的。」

鷗外不明所以地微微歪頭，或許這是第一次讓他露出如此疑惑的神情。

「妳不知道置屋是培育藝伎的地方，就這樣進出那裡是嗎……這是無所謂啦，不過要是妳沒有被金錢問題纏身，就更沒有理由要隱瞞了。還是說妳被川上給封口了嗎？」

川上，是指音奴嗎？確實印象中除了鷗外，鏡花也稱呼她為「川上」。

「嗯哼，原來如此，是這樣啊，那傢伙也是個厲害的騙子呢。」

「不！是我自己說要保密的！該怎麼說呢，總之……我是以代理未婚妻的身分接受千金修行的，但我覺得特地把這件事情跟鷗外先生說感覺很害羞，或是太慎重之類的……」

「——千金修行？」

鷗外探出身子，那表情也是第一次見到，相當無法理解似的。

（啊啊，要是沒說出口就好了。）

感覺自己的所作所為都成了反效果。竟然在藝伎們住的置屋裡進行千金修行，從旁人看來這行為實在相當怪異，說是因為這種地方在現代並不常見，所以她不知道也無可奈何的這種藉口，在這個時代是行不通的。

鷗外眼中的自己，只是一名沒有常識又給旁人添亂的小姑娘。

從料亭的方向，可以聽見大家唱著歌謠、熱鬧地享受各種藝伎們表演的聲音。

一陣冷風突然吹過腳踝，芽衣感受到強烈的寒意，瑟縮了一下身子，那感覺簡直就像腳踝被水浸蝕。

「這樣啊，簡單來說，妳呢……」

鷗外用食指按著眉間說了。

「妳對於身為我代理未婚妻感到責任重大，在受到逼迫的最後，妳認為應該要學習千金小姐的風氣和規矩，所以才去尋找能夠鑽研的地方吧？原來如此，總算能理解了。」

「我、我也沒有覺得受到逼迫啦！」

其實並非如此。芽衣感受到壓力是事實，而神樂坂的置屋對芽衣而言既是修行，也是能和朋友一起相處的喘息之地。

「不，沒有設想到這些很明顯是我的過失。」

鷗外垂下睫毛，斷然地說。

「我希望妳能以未婚妻的身分，毫無顧忌地在那間宅邸裡生活。然而假使這個判斷反而給了妳沉重的壓力，那我就做了一件不好的事了。」

「啊、請你不要道歉，這是我擅自要做的。」

「這才不是什麼擅自呢，妳主動想要學習些什麼、提升自己的所作所為實在讓人尊敬——只是……」

鷗外向前踏出一步，伸手撫摸了芽衣的臉頰。

「妳待在那間宅邸裡很痛苦嗎？」

他的體溫隔著白色手套傳了過來，芽衣因為那慈愛的溫柔而胸口縮了一下。

「鷗外先生……」

「如果很痛苦，我們就來想其他的方法吧。雖然無法立即執行……但我會想出對妳而言最好的安身之計，所以放心吧！我和妳約好，不會做對妳不好的事情。」

芽衣微微搖頭，對於讓鷗外說出這種話的自己感到很沒用。擁有好幾個頭銜和社會地位的他明明就沒有閒暇在這種地方搭理自己，她卻做出這種妨礙他的行動，讓她非常難受。

（對不起，鷗外先生。）

同時她也被鷗外的真誠給打動。對於這種只是順應當下情況才搭上線的人，為何能夠如此真摯地對待呢？究竟是什麼支持著他這樣的處世態度？

只要在他身邊，總有一天會明白吧？芽衣心想。

任何事情都要做到同樣完美，因此讓人覺得亦近亦遠的存在。不過這樣的他對芽衣付出真誠，只為了理解她。

那麼自己也應該多少踏出一步去接近他才對。就像仰賴著微弱的光芒尋找沉睡在灰暗水底中的美麗石頭，即便不把手伸向那無底深淵裡，是否只要聚精會神就會看見他的內心呢？

「如果不會打擾你的話，請讓我待在那棟宅邸裡。」

芽衣抬頭看著鷗外說道。

「對於在鹿鳴館受到鷗外先生的幫助並讓我安置在家裡的事情，我真的很高興，至今也非常感激，雖然我還不知道……該怎麼報答這份恩情。」

鷗外沉默了片刻，不久他吐了一口氣。

「這樣啊，我還以為妳鐵定會說想要去置屋呢。」

「咦？我果然還是去那邊比較好嗎？」

「——不。」

他搖頭靜靜抱住芽衣，那雙臂彷彿在守護她不被夜風吹擾，溫柔環抱在芽衣的背上，被觸摸的部分，開始熱了起來。

「請待在這裡吧，妳想待多久都行，不管是一年，還是十年。」

拂過耳邊的聲音，甜膩地震動了她的鼓膜，芽衣的胸口猛地感到一絲痛楚。

「不、不用啦，那樣也太……」

「總之就算妳說想要去置屋我也不打算贊成。妳偶爾進出是無所謂，不過我可不能把我重要的未婚妻交給川上啊。」

「……」

川上。這種稱呼方式，總有一種不協調的感覺。
芽衣將臉從鷗外的胸膛抽離，抬起下巴。
「鷗外先生，你跟音奴小姐很熟嗎？」
「雖然不是到很熟啦，不過我時常聽到那男人的傳聞。無論如何他是個話題不斷的人物，換句話說，以舞臺劇演員而言，他是個很活躍的人吧。」
——那男人？舞臺劇演員？
「能夠完美裝扮成這樣，那些醉客也不會察覺的吧？我不太喝酒，沒有被他給騙到，不曉得是幸還是不幸呢……」
芽衣的腦中開始迅速運轉，不久那份不協調感的真面目開始一點一滴浮現。不，其實芽衣之前就有一點察覺了。以明治時代的女性來說，對方的身高太高，聲音也有點沙啞，偶爾語調還會粗魯到讓人嚇一跳。不過撇除掉這些，依舊絲毫不減她的美貌……
「話說回來，妳什麼時候發現他是男的呢？」
「……剛剛才發現。」
此時周圍突然騷動起來。

很明顯是醉客的男性聲音打亂了夜晚的氣氛。

從料亭裡出來的，是那些俄羅斯皇太子的跟班。他們似乎是因為醉到不行，想來呼吸一下外頭的空氣，結果到處嚷嚷些意義不明的話，還扛著那些不情願的藝伎，看起來一點也不像地位崇高者的醜態畢露，讓人難以直視。

「……哎呀哎呀，看來比起伏特加，他們更喜歡日本酒啊。」

鷗外嘆著氣，讓芽衣移動到松樹蔭底下，看來是有所顧慮，希望芽衣不要被他們所看見。

「我去阻止他們！姊姊們太可憐了。」

「別這樣。」

鷗外立即說道，那口吻相當認真不容芽衣拒絕。

「妳看，警察都在外面守衛，要是做些蠢事，可能會因為違抗官吏罪而被逮捕。如果是這樣就算了，根據不同情況，還有可能被劈成兩半呢。」

「不……不會吧？」

「妳認為我會說謊嗎？」

鷗外看向不忍池的方向。在黑夜中朦朧不清、穿著警察服的男人們以同樣的間隔部署在周遭，涼颼颼的夜霧和森嚴的氣氛使人背脊發涼。

嘩啦、嘩啦……芽衣聽見像是踢水的聲音，俄羅斯男人們直接扛著藝伎跳進了池水中，悲鳴與笑聲響徹雲霄，芽衣不自覺摀住了耳朵。

（這是什麼……）

總覺得寒意無法止住。隨著水聲越發激烈，她感受到飄盪在腳底邊的冷空氣也越來越濃厚。

「芽衣？」

鷗外看著芽衣微微顫抖的臉。

「芽衣，怎麼了？妳會冷嗎？」

「是、是的，不過……」

不僅如此，她還有種非常不好的預感，散發著濃烈香氣的水味、竄上身體的濕氣和搖晃的藍色池塘水面，激起了她的不安。

芽衣忽然感受到地面傾斜了，空氣的重量也變得不同，這種經驗她已經體會過好幾次。確實——是在日比谷公園看見長脖子女的時候，還有在房間看見白裙子少女的時候。在夢境與現實交織的模糊瞬間，她一定會產生這樣的感受。

「——不行！別進去！」

泉鏡花彷彿要劃破黑暗，大聲叫喊。

「現在馬上離開！快點！我好不容易才讓她睡著的……！」

站在池畔邊的他往池水水面探出頭，對男士們高聲斥喝，那不尋常的焦躁模樣使男士們一瞬間安靜下來，不過眾人很快又開始喧鬧。被浸到水裡的藝伎們高聲叫著「住手」，警察們則是包圍鏡花——就在那個剎那。

池水面，濺起了巨大的波浪。

受到月光照射的水波閃耀著銀色光輝，水花往天空飛濺。幻化成兇猛龍捲風的「那個東西」不久後便長出藍色鱗片，扭動著像大蛇的身子在空中翱翔。

那是條遮蔽月光，散發出藍白色光輝的大蛇——不，是龍。全身鱗片發出銳利光芒的龍張開大嘴，吐出水粒，夾帶著雷鳴的水煙像狂風增強了威勢，掃蕩了跳進池中的男人們。

池畔的緊張氛圍，一口氣蔓延上來。

芽衣擁抱著顫抖的身軀，大腦無法跟上眼前發生的現實。

即便如此，她還是一步、一步往前走，在思考之前，她的腳已經動了起來。

（——得阻止她才行！）

芽衣的本能如此提醒。雖然不知道阻止的方法，但她可不能只是像這樣躲在樹蔭底下。

「芽衣，妳要去哪裡？」

芽衣向前邁步，鷗外迅速地握住她的手腕。

「得趕快阻止龍才行……」

「……龍？妳在說什麼？」

鷗外蹙緊眉毛，眨眼。

（啊……鷗外先生看不到啊。）

芽衣終於理解這是「那種東西」，會出現在「朦朧之刻」的非人之物。那並非所有人都能看見的，現在能夠看到龍在空中飛舞的人，就只有自己和鏡花，以及……

「——妳打算冒充龍神嗎？這個怪物！」

在群青的夜晚中，白色刀刃閃閃發光。

手握著劃出優美曲線的武器，那男人——藤田五郎瞪著龍飛舞的方向。

他堅定的眼神透露出明顯的殺氣，剎那間瞄準了揮劍的時機，散發出藍色火焰的軍刀帶著微濕的氣息在獵物面前彷彿急不可耐地閃爍。

（不行……！）

芽衣從身體深處湧出危機感。

（不能砍！別讓她消失啊……！）

不能讓那隻龍消失。芽衣的內心在叫喊。

對方現在鐵定是因為被打擾了睡眠而情緒亢奮而已，等這些人離開池子後，她的怒氣應該就會消去，回歸原本的安寧。

「芽衣！」

所以不能讓她消失。芽衣奔跑著。

她一個勁兒地跑在泥濘的地面上，就算草鞋脫落也不在乎，只是朝著準備要往龍身上砍的藤田跑去。其他的警察都被鏡花吸引了注意力，誰也沒注意到突然出現的芽衣。

「不行！別砍！」

「——?!」

芽衣撲向揮舞著軍刀的藤田左腕。被出其不意地這麼一撞，武器因為反作用力從他的手上滑落，發出掉落在地面泥濘上的聲音，並陷落其中。

「妳搞什麼？」

芽衣的右手開始痛了起來，就在那瞬間她的手腕已經被緊緊握著高舉。她的腕力不可能敵過對方，身子無法動彈的芽衣急促地呼吸著。

穿著皮鞋的男士們快速跑過來，那聲音使芽衣逐漸感受到自己所做的事有多麼嚴重，從額頭上流下來的汗水慢慢冷卻。

（我到底……）

水波的聲音來來去去，始終纏繞在腳邊的寒氣不知不覺被驅散，映照著月光的水面也平靜了下來。龍的身姿早已不在，在池中摔了一屁股的男士們一臉狐疑地看著四周。

那是在一瞬間發生，如同短暫夢境的事。

然而芽衣被握住手腕的痛感是事實，被警察包圍的鏡花猛力咬著嘴唇，直瞪著這裡，他的表情像亦哭亦怒，難以確實辨別。

「喂！小姑娘，為何阻止我？」

藤田用銳利的雙眼俯視芽衣，那冷漠的表情不會容許任何藉口，芽衣的膝蓋顫抖了起來，在鹿鳴館被質問時的記憶與此重疊，使芽衣猛地瑟縮身子。

「我在問妳為什麼要阻止我！」

「那是……」

「妳——該不會是『魂依』吧？」

藤田說著，放開了芽衣被緊握著的手腕，只是他立刻又揪住了芽衣的另外一隻手。

「快說！妳看見了什麼？」

「我……我不知道！」

「妳不說我就砍了妳。要是不想被砍，就趕緊說！」

對方雖如此說道，但芽衣感覺不管選擇哪邊都會被砍，因而緘默不語。於是藤田拾起了腳邊的軍刀。

「小姑娘……妳有所覺悟了吧？」

「！」

充滿泥濘的刀刃散發出混濁的光。芽衣嚥了口氣，此時她的右手從背後被拉住了。

「哎呀哎呀，這可不行哦，小松鼠，竟然從我身邊逃離。」

是鷗外。

他從後方握住芽衣的手，浮出一抹高雅的笑容。

面對這不合時宜的笑容，藤田的表情越來越不快，猛力拉扯芽衣的左手腕。

「森陸軍一等軍醫大人，請你退下，現在我要以違抗官吏罪將這小姑娘逮捕，這是我的獵物。」

「我才要拜託你能否趕快退下呢，她可是我先抓到的小松鼠哦。」

「——小松鼠？」

「同樣是齧齒類，比起老鼠（間諜），叫小松鼠會比較可愛吧？」

說著鷗外從背後輕輕按住芽衣的喉嚨。

（鷗外先生……？）

鷗外悄悄地將嘴唇貼在困惑的芽衣耳邊，用好似邀約跳舞的紳士般囁嚅。

「我抓到妳了，妳已經逃不掉囉。」

「這小姑娘搞什麼？」

「所以說是老鼠（間諜）啊。沒錯——把情報賣給敵國，難以原諒的間諜，我暫且讓她在我的監視之下掙扎了一段時間呢。」

「什麼……？」

「我不會把她交給警察。從現在開始她隸屬於陸軍省的管轄之下，請你要有這樣的認知。」

鷗外一派泰然地回答藤田的疑問，緊緊握著芽衣背後的手。

後記

我是初次在角川beans文庫與大家見面的魚住有希子。

多玩國股份有限公司正推出的有聲戀愛劇情遊戲《明治東京戀伽》——通稱「明戀」的作品竟然決定出版小說！於是僭越身分而負責劇本的我，也負責撰寫了小說版本。沒想到竟然會變成這般事態，即便是寫完第一本原稿的現在，我依然非常不可置信。這樣真的好嗎？這幾個月來我都因為緊張而無法停止異常的出汗，不過我還是會好好振作，努力撰寫下一集。

……沒錯！其實這個故事還有下一集！

這個故事是點綴了明治時代的各種大人物們編織而成的，如果各位能夠再繼續陪伴我們一同參與，我會覺得很榮幸。

本書的原作遊戲，是以「和明治時代偉人們的戀愛故事」為主題而企劃的。攻略對象是日本近代的著名人物，在一邊煩惱著能夠更改人設到何種程度的情況下，最後我們決定盡情改編來創立角色。雖說是虛構的故事，不過我們實在是改編得一點也不客氣，因此在發布遊戲的當下，其實我們偷偷感到膽戰心驚（現在也是啦），沒想到卻意外地擁有許多玩家，甚至還能在廣播、電視劇CD、相關活動和這次的小說版等各種媒體平臺上公開「明戀世界觀」，我至今依然打從心底感謝。

如果各位能夠因本書而對明治時代和明治文學產生興趣……以及想要試著玩玩看遊戲版的「明戀」，身為其中一名製作人的我，沒有比這還要令人開心的事情了。我們還準備了有別於本書的七個戀愛故事，請務必去登錄遊戲看看！

在出版這本《明治東京戀伽——紅月夜的婚約者》（順帶一提，仔細一看，會發現原文漢字不是「京」而是「亰」）時，我受到了許多人們的幫助，在這裡無法一一提及。

負責人好幾度給予我強而有力且確實的意見，我也真心很感謝繪師karu協助繪製如此漂亮的插畫。還有這些日子以來與我一同又哭又笑的多玩國工作人員們，我再次覺得自己能夠參與「明戀」非常幸福。謝謝各位。

非常期待下一集能夠繼續抱著對明治時代的愛和各位讀者見面。

魚住有希子

明治東京戀伽
角色檔案

我對妳才沒有興趣。
Syunso Hishida
菱田春草
生日◆9月21日
身高◆170cm
職業◆日本畫家見習生
興趣◆散步
後來建立了近代日本畫基礎的美術生。平常很冷靜沉著、性格沉默寡言，不過只要發現了繪畫對象，態度就會丕變……?!只信任他所尊敬的鷗外。

要不讓我們兩人獨處，
再慢慢地懲罰妳吧？
Ougai Mori
森鷗外
生日◆2月17日
身高◆176cm
職業◆小說家、醫生、官僚
興趣◆園藝
身兼軍醫和文豪而留名後世。對自己相當有自信，走在時代的最尖端，容易做出被稱為是「行為特異」的大膽行動。看中春草的才能。

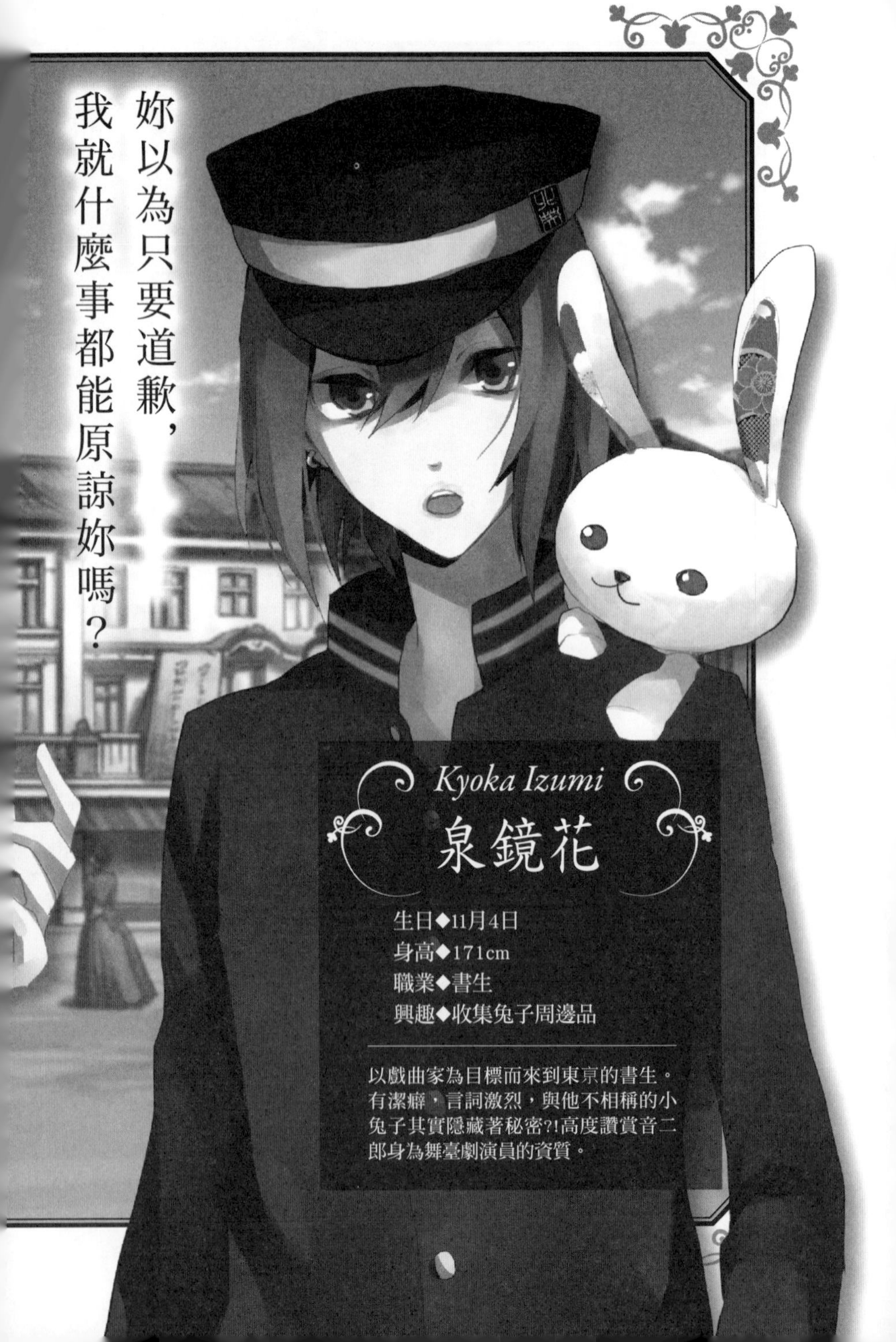
妳以為只要道歉，
我就什麼事都能原諒妳嗎？
Kyoka Izumi
泉鏡花
生日◆11月4日
身高◆171cm
職業◆書生
興趣◆收集兔子周邊品
以戲曲家為目標而來到東京的書生。有潔癖，言詞激烈，與他不相稱的小兔子其實隱藏著秘密?!高度讚賞音二郎身為舞臺劇演員的資質。

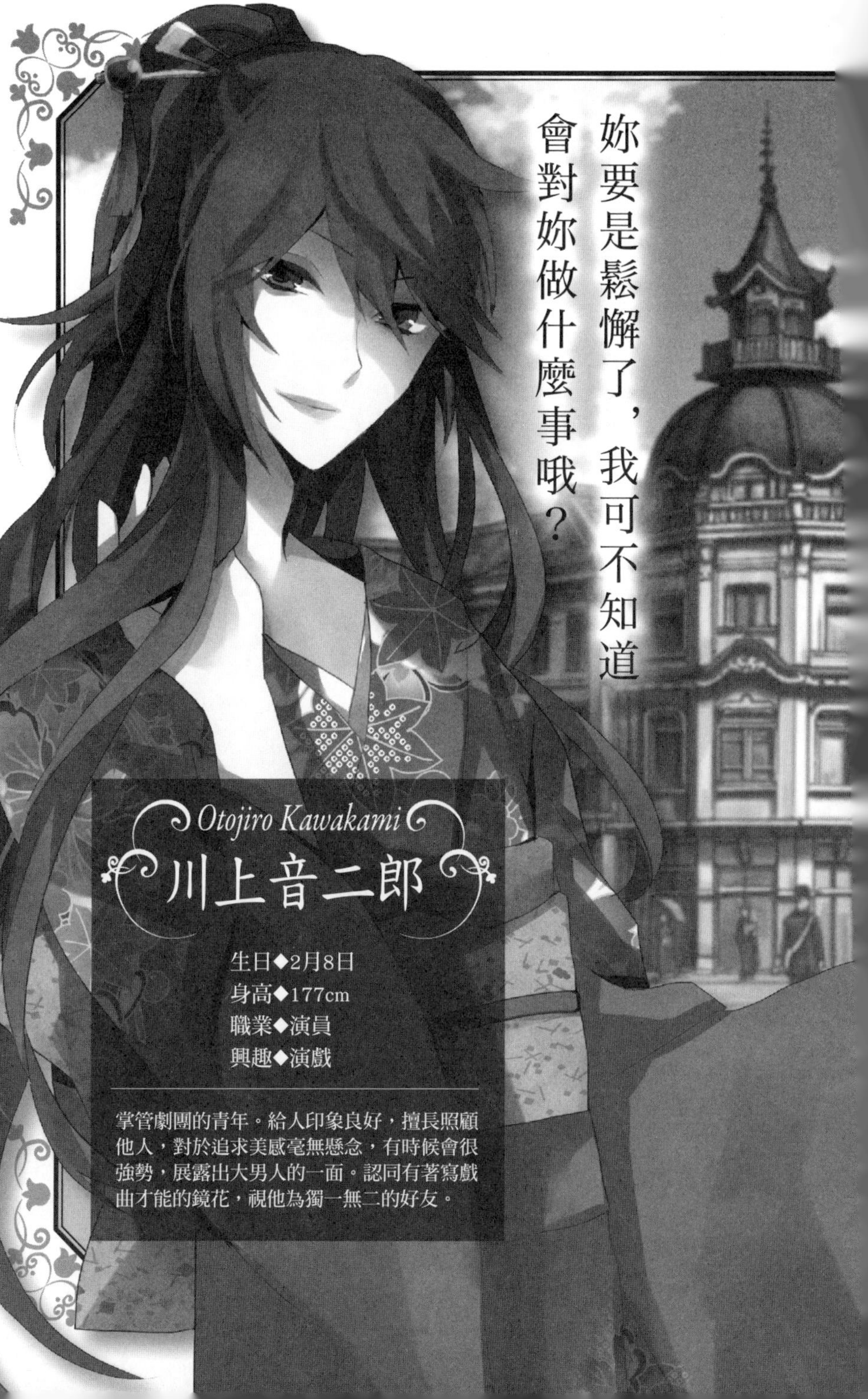
妳要是鬆懈了，我可不知道
會對妳做什麼事哦？
Otojiro Kawakami
川上音二郎
生日◆2月8日
身高◆177cm
職業◆演員
興趣◆演戲
掌管劇團的青年。給人印象良好，擅長照顧他人，對於追求美感毫無懸念，有時候會很強勢，展露出大男人的一面。認同有著寫戲曲才能的鏡花，視他為獨一無二的好友。

妳的表情看起來好像還沒有盡興啊？
我從一開始就沒有打算要讓妳回去。

Goro Fujita

藤田五郎

生日◆2月18日
身高◆183cm
職業◆警察
興趣◆？？？

在幕末轟動一時的劍客。過去為新選組隊員的警察，隸屬於監視妖怪的「妖邏課」，個性急躁，覺得身為外國人的小泉形跡可疑，時常警戒著對方。

Yakumo Koizumi

小泉八雲

生日◆6月27日
身高◆185cm
職業◆東京帝國大學講師
興趣◆海水浴

極度熱愛日本傳統，研究日本「妖怪」的外國人。平常以英文講師的身分在帝國大學教書，性格開朗，其實也有腹黑的一面……？

我好像……喜歡你，
但你也一樣嗎？

明治東京戀伽

戀月夜的花嫁

魚住有希子—著　Karu—繪

與華麗時代的美男子們共同譜出的浪漫戀愛物語
究竟將會走向什麼樣的結局？

意外穿越到明治時代的芽衣，一方面為了扮演好森鷗外「未婚妻」的角色而努力進行千金修行，另一方面卻發現這個時代竟然有「妖怪」存在！

原來優秀的文學、繪畫作品裡會寄宿著靈魂，當它們從作品中逃出來，就會變成稱作「化物神」的妖怪，而芽衣是極少數能夠看得見它們的「魂依」。

詭異的無臉男、神秘的金髮女子、引發洪水的神龍……層出不窮的各種妖怪雖然讓芽衣感到害怕，但她知道必須憑藉自己的力量幫助它們「回家」，才能讓這些作品得以傳世。

就在此時，能夠回到現代的唯一機會終於來臨。但芽衣在這裡創造了許多珍貴的回憶，和森鷗外之間的感情似乎也正悄悄萌芽，究竟她該如何抉擇呢？

國家圖書館出版品預行編目資料

明治東京戀伽：紅月夜的婚約者/ 魚住有希子著；郭子菱譯. -- 初版. -- 臺北市：皇冠, 2020.07 面；公分. -- (皇冠叢書；第4858種)(YA！；61)
譯自：明治東京恋伽 紅月夜の婚約者
ISBN 978-957-33-3547-4 (平裝)

861.57　　109007563

皇冠叢書第4858種
YA！061
明治東京戀伽
紅月夜的婚約者
明治東京恋伽　紅月夜の婚約者

MEIJI TOKYO RENKA Vol.1 : 2012 BENITSUKIYO NO KONYAKUSHA

作　　者—魚住有希子
譯　　者—郭子菱
發 行 人—平雲
出版發行—皇冠文化出版有限公司
台北市敦化北路120巷50號
電話◎02-27168888
郵撥帳號◎15261516號
皇冠出版社(香港)有限公司
香港上環文咸東街50號寶恒商業中心
23樓2301-3室
電話◎2529-1778　傳真◎2527-0904
總 編 輯—許婷婷
責任編輯—楊宜寧
美術設計—王瓊瑤
著作完成日期—2012年
初版一刷日期—2020年07月

法律顧問—王惠光律師

讀者服務傳真專線◎02-27150507
電腦編號◎515061
ISBN◎978-957-33-3547-4
Printed in Taiwan
本書特價◎新台幣249元／港幣83元